MINGUO
TONGSU XIAOSHUO DIANCANG WENKU

民国通俗小说

典藏文库

耿郁溪 卷

疏云秋梦云山雾沼

耿郁溪

著

中国文史出版社

目　录

疏云秋梦

云山雾沼

疏云秋梦

闲　　篇

　　记忆是人类苦恼的因素，不管我们现时的生活如何得意或如何落魄，但只要想起往事，便会引起淡淡哀愁。人们的年龄越大，可回忆的事越多，而苦恼也跟着增加起来。把人生的全程一算，还是苦恼的时候多，快乐的时候少。

　　人们的嗅觉、听觉、视觉、味觉……又都是帮助回忆的，虽然你不再想回忆以前的事，但它们却能刺激你，使你不由不想到以往。听见乌鸦、货声、歌声……便能想到当年听到这种声音的时候。甚至雨点流水，也都能引起某一个时代的憧憬。看见一件东西、一出戏剧，睹物思人，尤能振动记忆的键子，奏出悲哀的幽曲。嗅到一种香水味便可以想到当年爱人的风度，嗅到一种血腥便可以想到曾经从军的恐怖。幼年的时候，不大容易悲哀，年长之后，心灵又倒脆弱起来，禁不住一个极微小的刺激。读一部哀情小说，看一幕悲情电影，听一出辛酸的剧曲，都会流泪。这固然是一种艺术的成就，但大部分的悲哀，是融在同情的回忆里。

　　我最是喜欢回忆的，但以往的事又多不堪回首，每一件事都能使自己的情感波动。因此而又想到现在的现实生活，仍不免是将来回忆的种子。为了免去将来回忆的苦恼，似乎应当追求一些极平凡

3

无奇的生活吧，但是世事总不能尽如人意。一些不平凡的事，不平凡的人，不平凡的物，不平凡的香、色、味，不断地刺激脑子，使它深深刻画在脑子的弯曲处，甚至鼓动着感情，不眠不休地腾转。苦啊，不必到老，已经老了。

　　近来衰弱更甚，记忆竟模糊起来。梦中见到一个幽境，醒来似觉在哪里看见过，但竟想不起在哪里见过了。听到别人说过一件事情，仿佛曾听谁说过，但竟想不起是听谁说过了。偶然想起一个情景，这情景仿佛是自己经历过的，又仿佛梦里做过的，又仿佛想写小说时理想过的，任怎么想，只是想不出它的来源。于是往往把人生、梦境、小说三种混在一起，分不清楚了。

　　人生、梦、小说，本来也差不多少，但是人生却还没有梦美丽，梦有时愉快，有时甜蜜，而人生却整个是苦的。倒是小说还可以调剂人生与梦的平衡，喜欢甜的时候，不妨写点甜的，喜欢苦的，那就写点苦的。如果光写梦，那又未免离奇浪漫，如果光写人生，又没那么许多材料。

　　在我初写小说的时候，只是一种玩票性质，喜欢而已，没想到后来竟当了职业，而"以写小说为生"了。就到现在算起来，我的小说被印刷出版的，快有四十种了。质，放在其次，量却连我也未之初料。至于写言情小说，亦非我的初意，大多是报馆方面要我写什么，我就写什么，而报馆也是根据多数读者的意思来的。

　　初写言情小说，颇觉为难，因为我并没有恋爱的经验，不过是道听途说而已，不想读者却很推许，于是报馆也颇满意，我也就高兴地写起来。写到现在，仍离不开道听途说，东捡西拾。有的时候，也把我的梦写到里边去。后来张三也故意给我一个材料，李四也希望给我一点意见，渐渐多了起来，我就闹不甚清了。也许是张三的事写在李四的身上，也许把一个梦当作了李四的事。

好笑的是许多读者给它索引，有的还说得有眉有目，似乎比我知道得还清楚，其甚还把一种难堪的名字加到我的头上。人生是人生，小说是小说，许多人似乎把人生和艺术没有认清，这我也就不必多辩了。

关于"爱情"，在我这些小说里，固然也发挥了不少，但我到现在还觉得它实在神秘，有许多地方解释不出来的。爱情本来不是科学，硬要给它定出一个范围来，当然是不可能的。

一般人对于爱情的观念，因为立场的不同，所见的也极不一致。大多都是用主观的见解来批评，拿自己的感情来评断，这都不免武断。譬如正在恋爱中的人，便也倡导恋爱至上主义，失意或未恋的人，便咒骂恋爱。憎恨女人的，便说女人是祸水。即或同一件事情，关系着三个人，便有三种批判。比方丈夫爱了另外一个女人，便说爱情是直接的，或是博爱的。太太呢，却说丈夫是滥爱，是盲目的。另外那个女人，便说恋爱无条件。各说各有理，因此可推见一般。

社会上发生一件恋爱惨剧，于是批评者各发评论，振振有词，而实际站在客观立场，完全用纯理智来评判的，却非常少。因为人的感情，实在不易磨减。我写小说，应当纯客观地写，但竟不由自己地也加入了自己的感情。写连载言情小说，能够由始至终，始终不变其态度，真是难能之事。今天高兴，写的便有精神，对于主角也很夸张；明天不高兴了，写的立刻松懈，甚至牵拉到小说的人物和故事，以致不能自圆其说。

在我写《浅雨低晴》的时候，有的朋友说，于晴阁和白雨枫绝对不能恋爱，那是极端错误的。有的朋友说，于晴阁对白雨枫可以恋爱，甚至王乃文的恋爱也是可以同情的。这就是因为立场不同的缘故，有的把小说看成事实，以对人的关系而影响他对于小说的批评，这更可笑了。

像《浅雨低晴》这样的故事，社会上不知有多少。我写小说的目的，是要它映现时代的人生，当然抓住现代社会上所有的通病，于是张三看着便像是张三的事，李四便看成李四的事，这都是没有把我写小说的真正目的看得明了。

有许多人常说爱情有真假，其实爱情没有假，只有真的。凡是假的爱，根本就不能叫作爱。我可以做一个比喻，譬如有一个您不喜欢的人来访您，您和他说话都觉得非常勉强，他说十句，您也就说一句，但对于您不喜欢的人要说出"我爱你"来，您试想，能说得出吗？

至于受物质或势力的诱惑而生爱的，那也是真的。我以为爱人的钱、爱人的势力和爱人的漂亮、爱人的学识是一个样的，都是爱。这里所要区别的是高尚与卑鄙而已。

有人对我说："你写的小说，都是取知识阶级的人物。其实唱戏的、野鸡，也未尝没有真爱情。"是的，我承认这话不错，只要是个人，他就有真爱，可是我所要写的，是要给社会做一般典型的爱，像那潘金莲与西门庆，我始终认为是卑鄙。

我写小说，一向最是同情女人，我觉得唯有女人可怜。但是逐渐考察的结果，女人使我失望了。有人说我的小说里的主角没有一个是伟大的，但我到现在也没见过几个比我小说里的女主角更伟大的女人。

我曾经给一个女友写信，贺她将要结婚。她回信很生气，说这消息都是造谣，她至少要过三年才能谈到婚姻的事。可是没过半年，她结婚了。又有一个女友，看见我的怀中手册斥非国货，但是一年的时光，她竟非外国的丝袜不穿了。她们的节操竟这样不易维持，不必再谈到爱情了。

最近看着一位久不曾见的女人，她以往具有很厚的温情，可是我这次相见，我真怕极了，她的世故虚伪，真如一个没有性灵的行尸差不多了。女人，不尽是可爱的呀，女人也并不是永远可爱的呀！

写到这里，我又想到许多贤惠的女人，这大概就是"记忆"的作祟吧。我想到她们，便不由得落了泪。她们有的死了，有的落魄不堪，贤惠的女人却都如此结果。

我们还是谈爱情吧——谈字是论字的意思，特注，以免误会——爱是情之一种，富于感情的人，便富于爱，这是毫无疑问的。但是富于爱的人，同时便富于恨、富于悲哀、富于快乐、富于疑惧。因为喜怒哀乐爱恶惧，全是感情作用。

许多人以为好暴躁、有脾气的没有感情，不对，那正是感情丰富缺乏理智的缘故。暴躁的英雄若是气短起来，比谁都厉害，有脾气的小姐爱起来，比谁都热烈。世人往往莫名其妙，而发生不幸的离异，这都是认识不清之故。口角时生，正是感情过剩的表现。只要有一方能够谅解，则爱的程度更深。富于情感的，求全不惜责备；富于理智的，才能委屈以求全。认清这点，则爱情自能维持良久。

七情之外，还有两种感情的表现，一个是疑，一个是妒，这两种感情作用，轻则有助于爱情，重则为爱情之障碍。妒与疑比较起来，妒优于疑的。妒之味为酸，疑之味则苦。

在这非常时期，还要谈情说爱，似乎全无心肝。不过爱是人的性灵，不能勉强的。不爱而强叫他爱，这是不可能；爱而不叫他爱，也是不可能。在这个时候，我们能够受爱的鼓励，做些有益身心、有益国家、有益社会的事，则这爱便伟大起来了。

在这个过渡时期，女子最为不幸。因为一般脑子旧的人物还很多，他们对于女儿限制很严，往往不叫女儿读书，有的小学毕业，即不再叫她求学，而马上找个婆家嫁了，一了自己心愿，也定了女儿的终身。殊不知男子是有进无退，结婚之后，知识愈增，社交一公开，便对原妻渐感不满。女儿千辛万苦，勤俭持家，以求丈夫上进，得个职业，以谋将来幸福，却不想男人有了职业，女人便被弃了。这时候，女人自顾无力，倚靠无由，以前的爱是培植，完全无用，这种可怜的女人，不知有多少。

在这时代以前，婚姻不能自主，男子多少总有顾忌；在这以后，女子得到真正解放，可以自谋自立，与男子站同一位置，女子都可以免去不幸。偏偏这个时代，女人为最可怜，父母者不能认清时代，应负一大半责任。

我的远戚有个街坊女人，非常老实，嫁给一个不知上进的男子，终于被弃了。她只有跑到野地割草卖了买糠吃。在她割草的地方，离着营盘近了，被误认为贼，绑在树上毒打。她不知怎么走回家去的，回到家里喊救命。两个大刺激之下，不饮不食两天，没有人管她，死去了。像这样的女人，当然还多得很。可是我们应归罪于谁呢？

不管是回到家里也好，还是走到社会也好，我们先要把女人的知识充实起来。

闲篇太长了，闲话打住，书归正文吧。

第一章　闹　　鬼

　　秋末了，晚风很凉。王老太太带着三女儿、四女儿和二儿媳，在屋里围着炉子坐着闲谈。三女儿王淑云刚给她父亲写好了信，在信皮上贴邮票，邮票上的胶没有，她用买来的胶水去粘，也粘不上。她生气道："现在的东西，又贵又不好，胶水竟不黏，真气人！邮局也是，邮票涨了价，你倒是印邮票呀！拿一毛改八分，拿八分改四分，胡这么一改，穷凑合。吴妈，拿点饭米粒儿吧！"

　　吴妈走了进来道："你拿饭米粒儿干吗呀？"

　　王淑云道："粘邮票。"

　　吴妈道："您交给我吧，不用饭米粒儿，用牙花子就能粘。"

　　王淑云道："哟，那多脏呀，趁早可别价。"大家也笑起来。

　　王老太太说："打一点糨糊吧。"

　　王淑云道："您先等一等，我看邮票够数不够数。这是八分，这是两个二分，这是一个四分，合着是多少了？"

　　四妹王季云道："一毛六，还欠二分。"

　　王淑云道："没有二分了，这里有一个一分的，还有一个五分的。"

　　王季云道："用这五分的，再用一个四分的，那两个二分的不

9

要，有一个八分的再贴上那个一分的，不就够了吗?"

她们来回到了半天，王老太太道:"我听着都把我绕糊涂了。"这几张邮票，把信皮几乎都要盖满。交给吴妈打糨子粘去了，她们便围着炉子谈天。

王老太太道:"今天报上有什么新闻?第八次配给又快下来了吧?"

王季云拿起报来说道:"妈，《浅雨低晴》有结果了。"

王老太太道:"完了吗?你还没给我念呢，快给我念!"

王季云道:"我给您念吧。"

王老太太道:"也好，究竟那个白雨什么跟那于晴阁怎么样了?"

王季云道:"白雨枫和于晴阁又恢复友情了。"

王淑云道:"我一猜就猜到了，结果一定是这样。"

王老太太道:"你倒会猜。"

王淑云道:"哼，耿小的的小说，没有什么了不得的。"

王季云道:"这话若是叫耿小的听见了，也许把你写到小说里去呢，哈哈!"

王老太太道:"你说于晴阁和白雨枫、尚培华，真有这样人吗?"

王季云笑道:"那是小说呀，怎会有这人呢?"

王老太太道:"尚培华死得很惨，假如她还活着，不知见了白雨枫怎么样呢?"

王淑云的嫂嫂二奶奶道:"她们到了坟地，在坟地遇见她的魂灵。"

王淑云道:"她人死了就死了，还有什么魂灵?"

二奶奶道:"怎么没有呀，我从前住的那地方就闹鬼。"

王季云道:"呀，闹鬼，我可真怕鬼呀!"

10

王淑云道："这怕什么，你不是不相信有鬼吗?"

王季云道："我虽然不相信，可是一说鬼的事我就害怕。"

二嫂一听她害怕，越发谈起来。一来表示自己胆子大，二来故意闹她玩。她道："我上小学的时候学校里就闹鬼，我先不信。后来有一天放学，我是值日生，回家晚些，在要走的时候，到厕所去，我刚一进去，就见由墙里伸出一双大手，比人的手大吧，上面还有许多黑毛，吓得我赶紧就跑回家去了，第二天就告了病假。"

王淑云道："没有这事。"

二嫂道："真的，我不是说瞎话。还有一次，也是一个同学值日，回家的时候，到教室取书包，她一掀桌盖，哧，一双手托着她的书包出来了。"

说得王季云忙跑到她母亲的身旁，说道："妈，可别离开我!"

王老太太道："不怕，咱们这些人，有鬼它都得怕咱们。"

二嫂见四妹这样怕，越发说得起劲。她道："从前我小的时候，我还不记事呢，听我父亲说，我的舅爷爷死的时候，家里都害怕，就是我父亲去看着死人。头天还没入殓，尸首就停在堂屋床上，脸上盖着白纸，家里人都跑到别屋里去睡觉，我父亲一个人在堂屋又搭了一个床睡。"

王季云道："哎呀，吓死啦!"

二嫂道："哼，还不算呢。睡到半夜，就听有响声，连忙醒了，一看没有人，还以为是老鼠，谁知咯吱咯吱的还响，细一听，原来是死人的床响。"

王季云吓得连忙投在母亲的怀里，王淑云都有些变颜色了。二嫂接着说："心想人已经死了，怎么床会响呢? 也许天干物燥，木板裂了。过去一看，嗬，死人都挪下半尺来，头离开了枕头，脚出到床外空着，就见死人仍不断地一点一点地蠕动。"

王老太太道："那是诈尸，脚一沾地就要扑人了。"

王季云道："妈呀，多害怕呀。"

二嫂道："可不是，我父亲懂得，不要他脚沾地，忙搬了一个凳子，放在死人的脚下，死人仍旧往下蠕动，兀凳又不够了，我父亲又给续了一个兀凳，这个兀凳完了，又续一把椅子。死人还动，合着把全屋的椅子凳子都给续完了，再续没有了。"

二嫂说到这里，她不说了，仿佛听着有什么响声，大家都静听，什么声也没有。夜很静，只有风吹着落叶在砖地上滚。

王季云道："说呀！"

二嫂道："你不是害怕吗？"

王季云道："我又害怕又爱听。"

二嫂又接着说道："凳子没有了，我父亲着慌了，我父亲倒不怕，怕家里人吓坏怎么办呢？"

王淑云道："不会推他一下？"

二嫂道："那个不行呀，若是一挨着人气，立刻就能跳下来！"

王淑云这时候也信了，连二嫂自己都信了。她又接着说："眼看着死人的腿就快挨地，我父亲连忙去开屋门，正开屋门的时候，那死人就下了地了，一下了地，咔嚓的双腿那么跳，就奔我的父亲来。我父亲这时候又开不开门了，急得直叫人。"

王季云听得两只眼睛都直了，她低声道："怎么办啦？快说呀，真急死人了！"

二嫂子倒成了小说家，趁这个热闹节目，也会卖个关子。她道："我先喝杯茶吧！"

王季云想给她倒，但又不敢离开母亲。二嫂道："我自己去倒。"

她又故意慢慢地倒茶，慢慢地喝。

王季云道："到底怎么样了？"

二嫂道："嗬，家里人一听我父亲喊，便全跑过来。屋门是关着开不开，抓着窗户往里看，就见死人追着我父亲满屋里转，我父亲转到东边，死人就蹦到东边，我父亲转到西边，死人就追到西边，我父亲跑到南边，死人……"

王季云道："是呀是呀，又跑到南边又跑到北边，后来呢？"

二嫂道："大家伙儿在门外，也着急，光看着，也进不去。"

王淑云道："把玻璃砸碎了进去。"

二嫂道："是呀，有人这样说，可是也不敢进去了。"

王老太太道："其实不必这样费事，只要给他一个枕头，他一抱着枕头，他就躺下。他非得抱一种东西不可，要是抱着人，永远就撒不开。"

二嫂道："可不是，这时候有人喊，说你把枕头揣给他就成了。我父亲一听，连忙绕到床这边，拿起枕头来，说送给你，那死人一抱，可巧没抱住，仍旧追起来。"

二嫂故作惊人之语，果然连王老太太都有些着急了。正这时电灯灭了，立刻满屋漆黑，大家喊叫起来。王季云抱着母亲直叫唤。电灯一灭，还是灭半天，立刻叫吴妈点洋蜡。

王老太太说："电灯也是这么爱灭，真别扭。"

吴妈来了，偏是摸不着洋火，一摸摸到二嫂子脖子上，二嫂叫起来，把大家吓了一跳。

吴妈道："是我。"

二嫂道："把我吓坏了，我当是什么呢，摸了我脖子一下。"大家笑了。

13

这时又听吴妈叫唤了一声，大家问道："怎么啦？"

吴妈道："这桌上是什么，毛烘烘的。"

王季云道："那是我搁的毛线，可别动乱了。"吴妈道："好劲，吓了我一跳。"大家又笑。

这回可摸着洋火了，可是怎么也划不着，越着急越划不着。吴妈道："取灯也凑份子，划不着了。"

王淑云道："用嘴哈一哈气。"

吴妈便用嘴哈火柴，这时忽然门开了，从外边走进一个人来，把大家都吓了一跳。就听那人道："你们是怎么一回事？"大家一听，才知道是二哥王仲云回来了。

吴妈道："哟，二爷回来啦，您怎么进来的，没人给您开门哪？"

王仲云道："我跳墙进来的。我按电铃，按了半天，使劲这么一按，你们也不出来，我以为你们睡着了呢。我从后墙跳进来的，你们怎么不开灯？"

王季云道："没电，洋火又找不着，找着洋火又划不着。"

吴妈道："这一盒都快没啦。"

王仲云道："我这里有。"从兜里掏出洋火，划着了，点上蜡，大家这才安定。

王季云道："偏偏二嫂这时又说起鬼来，把我们吓得不敢动弹。"

王仲云道："这怕什么？方才我由罗表哥那里来，罗表哥不成了，光剩了喘气，那眼睛都陷了下去，脸跟一张纸似的，见人也不认识了。只有我在他身旁坐了半天，他还能看出我来，说出那话来，听着叫人毛骨悚然。他说不叫我离开他，有小鬼来传他，他不愿意去。我说有我呢，你不必怕，你好好休养休养就好了。这是你的精神作用，没有什么小鬼。正说着，他就说哎呀，来啦，快给他打出去，他就站在那儿。我一看，什么也没有，这多么怕人呀!"

王季云颤抖着说道："二哥，你可别去了，多害怕呀!"

王仲云道："没关系，这是他的精神错乱，根本没鬼，怕什么。"

王老太太道："唉，你罗表哥这病，迟延了多少日了，始终也没有好，他就是因为失恋做的病。失恋怎么就那么厉害，会要人命。我也不懂什么叫失恋，常听你们这样说，我老觉得人都想不开。"

王仲云道："那您可别说，失恋痛苦极了，不用说失恋，就是没有失恋老是相思都够苦的。"

王老太太道："这不是自己找吗?"

王仲云道："人的感情是不由自己的。"

王淑云道："但是拿着性命来追求这点安慰，我总觉得太愚了。一个人若不是糊涂，总应该能支配自己的感情。"

王仲云道："咳，越是聪明人还越吃这个苦，这种苦就是为聪明人吃的。"

王季云道："电灯怎么不亮，这个蜡要灭了。"

王仲云道："还是罗表哥吹的。"

王季云吓得把头蒙在母亲的怀里说道："你们净吓我!"

王仲云笑道："那个谁来没来，何小波?"

王老太太道："没有。"

王季云听说何小波，便不由看王淑云一眼。何小波是王仲云的同学，他们感情很好。他很爱王淑云，王仲云也有意给他们撮合，但三妹王淑云对何小波还没有发生爱情。

王仲云道："他跟我定好了的，说今天晚上来，我特意赶回来的。"

说到这里，电灯亮了，王季云立刻欢喜起来，鼓掌道："哎呀，阿弥陀佛，可亮了。"于是吹了蜡烛。忽然听见电铃直响，王仲云道："大概何小波来了。"遂叫吴妈出去开门。

吴妈出去一看，一个人也没有。她又走了进来道："哪有人叫门?"

王仲云道："电铃还响着，你再出去看看。"

吴妈道："真怪，我开门看了，没有啊。"

王仲云道："他还许站得远，你听，电铃就没有止住。"

吴妈遂又跑出去，嚷道："谁呀，谁呀?"问了几声，也没有人言语，她就有点儿害怕。开门一看，仍然没有，吓得往里就跑道："哎呀，吓死我啦!"

大家惊讶道："怎么啦?"

吴妈道："没有人。"

王仲云道："哼，没有人怎么电铃直响? 我出去看看。"

二嫂道："你可要小心一点儿。"

王仲云笑道："不要紧。"

他跑了出去，问道："谁呀?"没有人应。街上很静，只有一个夜行者唱着二黄。他开门一看，果然没有人，他想一定是有人开玩笑。他又走进来，电铃仍旧响。

王仲云道："这一定是有人故意开玩笑。"

王淑云道："怎么电铃直响呢?"

王仲云道："这回我一声不语，偷偷走到门洞，猛不丁地一开门，他就跑不了啦。"说着，便轻轻走到门前，把门闩轻轻拉开，猛然一开门，以为一定有人被发现。但是探头一看，并没有一个人。走到门外一看，胡同里一个人也没有。

他很纳闷，走了进来，问道："电铃还响吗?"

王季云道："还响着呢。"

王仲云道："真奇怪呀，外面没有人。"大家都有点毛骨悚然。

王淑云道："也许是电铃有毛病了吧，你看看电铃吧！"

王仲云道："对啦，也许是方才我使劲按的。"说着，便跑了出去。一看电铃的电门，果然那个圆棍儿被按到里面去，嵌在里面扣住了。他遂把那棍儿剔了出来，然后跑到里面问道："还响吗?"

吴妈道："不响啦。"

王仲云道："还是方才我按的，按到里边去了。可是奇怪，方才我按的时候，怎么不响呀?"

王季云道："糊涂，方才没有电哪，怎么会响?"大家一听，也都笑了。

于是重新进到屋里，还没坐好，电铃又响起来，大家不觉一怔。王仲云又往外跑，跑到外面一看，没人，他又纳闷了，跑进来道："又没有人。"

王季云笑道："这是电话铃不是门铃了。"

王仲云道："都把我闹迷糊了。"说着，便去到廊子底下接电话。摘下耳机问道："喂，谁呀，啊，谁，罗表哥，呀，你要来吗? 你就来吗，你?"他正惊慌，那边耳机子挂上了。他也挂上了耳机，慌忙走进屋来。

大家也听见了，王季云道："怎么，罗表哥要来?"

王仲云道："是呀，他，他连电话都打不了呀!"

二嫂道："呀，别是罗表哥不好了吧?"大家越发害怕。

王仲云道："他说，他就来的。"

王季云道："你听错了吧? 一定是罗表哥死了。"

王仲云道："不，他说他是罗表哥，他就要来。"大家一听，都怀疑纳闷。

一会儿，电铃响，王仲云道："来啦。"王季云连忙又跑到母亲的怀里。

王老太太道："罗表哥怕什么的？"

王季云道："他不病着我不怕。"

王仲云道："吴妈去开门去。"

吴妈道："我可不敢开门去，您去吧！"

王仲云也有点发怵，王老太太道："那怕什么，也许他好了。"

王淑云道："哪能好的那么快？"

王仲云道："吴妈，咱们一块儿，即或是鬼，他也不能害咱们呀。"

于是他们走出来，问道："谁呀？"心里发颤。

外边没人答话，吴妈道："哎呀，我的妈呀，这回可是真的了。"说着又往里跑。王仲云又问了一声，仍然没有人，他也害怕了，也跑了进来。

王季云道："谁呀？"

王仲云道："奇怪，怎么没有人？"

王季云道："一定是送信的，你们去看看信箱里有信没有。"

二嫂道："对啦，许是送信的，你们可真胆小，送信的也怕。"

王仲云笑道："我忘了这个茬儿了。"说着，又跑到门洞，开了灯，一看信箱，并没有信。他又疑惑了。

这时门外有人说话道："我说，别玩笑，快开开门吧。"

王仲云吓了一跳，一听是何小波的声音，便问道："小波吗？"

何小波在门外道："是呀，怎么这半天还没开？"

王仲云这才放心把门打开，说道："方才我问了一回，你怎么不

18

搭茬儿?"

何小波道:"那边有个卖花生的,我去买花生去了。"

王仲云道:"你瞧这巧。"

说着,走了进来。王季云道:"是信不是?"

王仲云道:"表哥来了。"她们一听都是一怔。

何小波莫名其妙,走进屋来,看大家都是那么变颜变色的,便问道:"怎么回事?"

王仲云道:"好,这一晚上净闹鬼了。"说着,便把方才的经过一说。

何小波道:"真是见鬼了,方才是我打的电话,我说我是何小波,你怎么听成罗表哥去了?"大家一听,又笑起来。

何小波道:"来吧,吃花生。"他们一边吃着花生,一边谈着这件事,犹觉得非常可乐。

王季云道:"咱们玩牌呀?"

王仲云道:"对,打牌吧,有小波,有三妹一把手。"

王淑云道:"我不来。"

王季云道:"咱们玩扑克吧,来那个'信不信',不限制人,多好?"

何小波道:"对,玩扑克的方法很多,而且都很有意思,打牌又限制人,又限制时候。"

王仲云道:"好,玩那个'信不信'。"说着,便把牌拿了出来。

王老太太道:"你们玩吧,我在旁边看着,我来不好这个,太费心。"

王仲云道:"这个'信不信'的玩法,就是一种欺骗,老太太不会欺骗,所以来不好。这个非得作假而态度表现得和真的一样,方算成功。来，大家围着桌子坐下。"

王淑云道："我不来，我想把那本《战争与和平》看完了，因为明天同学就来取了。"

王仲云和何小波一看，未免扫兴，但也无办法。王老太太也觉得不太合适，她道："这孩子由小时就不好贪玩，来，这回有我。"王仲云叫他太太也加入。他来分牌，王淑云便坐在沙发上看书。

其实人的好群好玩，本是天性，而王淑云之好静未免矫枉过正。她对于文学有种天才，因为她恃着她的天才，未免有些骄傲，因为骄傲，所以不甚好群。她总喜标新立异，不同凡响，这种习惯养成，使得她越发孤独。她不是不好玩，她也有她的天真，不过她的天真，被她的自尊心压下去了，以至她即或想玩而怕坏了她这好静的美誉，而忍痛牺牲。她要控制她的心灵，她为了她的尊严，而牺牲她性灵上的安慰。社会对于这种人，而誉之为君子，王淑云就是一位女君子呀。

王仲云分好了牌，他坐在老太太下手，何小波在王仲云的下手，下面是王季云，再下面是二嫂。

王仲云道："由老太太出牌。"

老太太道："我怎么出呀？"

王仲云道："您随便出，比方您手里有四张 A，你可出四张，也可以出三张或是两张一张都可以。"

王老太太道："我没有。"

王仲云道："没有您就出别的。"

王老太太道："我有三张 2。"

王仲云道："您别叫人知道，譬如您有三张 2，您就拿出三张来扣着放在桌上，拿出两张一张都可以，您说一声这是 2。"

20

王老太太说："那人家不是都知道了吗？"

王仲云道："您口里虽然说是2，但不一定真是2，您也许把两张8放在那儿，您也许随便凑了三张，也说是2，那么这时候信不信就由别人了。"

王老太太道："那我出一张2。"

王仲云道："您可以多出，因为谁的手里牌先出净，谁算胜利，您不一定出真的。"

王老太太道："出真的出假的，不都是三张吗？"

王仲云道："出假的有好处，到时候您就知道了。您就放下三张吧。"老太太便放下三张。

王仲云道："这时候我出牌了，大家轮着出，第一个人出什么，大家都得出什么。"

王老太太道："我手里有三张2，就剩下一张，别人怎么出？"

王仲云道："谁没有，谁就不出，叫下边的人同，可是这时候可以作假，比方我手里没有，我许拿一张别的扣出去，口里也说是2。"

王老太太道："若是都那么出，不是都把牌出净了吗？"

王仲云道："不，这里还得有信不信呢。比方您出这三张，我若不信，我可以翻开看，如要真是2，这三张便由我拿起来，还由您起始出牌，爱出什么出什么。如果我翻过来一看不是2，这三张假的，还由您收回。这回便由我起始出牌，大家得随着我出。"

王老太太道："那还是出真的合算。"

王仲云道："不，比方您出三张假2，我认为是真的，我便接着出牌，大家也都出牌，到您这里，您还可以出2呀。这时我一定不信了，以为您出了三张2，哪能又有三张2，可是这回一翻，却是真

21

的了。"

王老太太笑道:"这就是真真假假,虚虚实实。"

大家道:"可不是?"于是大家便玩起来,玩得非常高兴,时常一阵阵笑起来。

王淑云听见他们笑,便想参加他们一起玩,可是她觉得不能投降他们,所以她仍旧看书,可是书哪里看得下去呢?

这时由何小波出牌了,他出了四张 K,王季云想翻又不敢翻,她"怕司"了。二嫂也信这四张是真的,也"怕司"了,老太太和王仲云也都不敢翻。于是又由何小波出牌,他又出了四张 K,这可为了难了,大家都商议起来,都说他方才那四张是假的,这回是真的,于是大家又"怕司"了。何小波第三回又出四张 K,大家纳闷了,王季云又信又不信,她犹疑了半天。大家也都帮助她想,有的说:"上两回都是假的,这回才是真的呢。"有的说:"头一回是假的,二回是真的,因为你们不翻,所以他这回又出一次,这次一定是假的。"有的说:"头一回是真的,这两回都是假的。"议论纷纷,却都不敢翻,可又都想翻。桌上的牌已经续得很多,这要是拿起来,多咱能出净呀?

这时王淑云听着他们讨论许久,她终于放下书,也走过来,问道:"怎么回事?"

王季云道:"何先生出了三次四张 K,不知哪一次是真的。"

王淑云道:"这三回都是假的。"

王仲云道:"何以见得呢?"

王淑云道:"他向来没有真的。"

王仲云道:"那不能这样说,倘若他这是真的呢?"

王淑云道:"我可以打赌。"

他们一边说着，一边看着何小波的神色。见何小波总是微笑着，看不出他的破绽来。

王仲云道："打赌，打什么赌？"

王淑云道："赌一斤栗子吧，假如这三回都是假的，我算胜利，你拿三块六买一斤栗子。他若是真的，算我输，我拿三块六买栗子。"

王季云笑道："三姐机灵，三回若是真的算他输，这是绝不可能的了。三回十二张牌，哪能都是真的，至少有两回假的。"

王仲云道："三妹敢则机灵。"

王淑云道："你们翻吧，就着这四张，若是真的我输一斤栗子。"

王季云偷偷地翻开一张看，何小波按住道："不准偷看，若翻就翻。"

王季云道："二嫂翻吧。"

二嫂道："你倒不傻，你不翻叫我翻。"

王季云道："我翻。"说着，便把那四张翻过来，一看，果然是四张 K，她嚷道："不来啦。"说着把牌往桌上一扔。

王老太太道："哎呀，我也累得慌了，你们玩吧，我歇着去了。"

王仲云道："刚十点半，旧时间才九点半。"

王老太太道："我可不能跟你们一样，吃饭拉尿都得有准钟点，我困了我就得睡。"说着，便回到自己屋里去了。

二嫂也以看火为名，也回到自己屋里。屋里只有他们四人谈天。又谈到罗表哥的事，王季云道："我可不听死人的事了。"说着，她也回到自己屋去。王仲云也有意把何小波和王淑云留在一起，他也借解手为名，顺便回到自己屋中。这里只有何小波同王淑云两个人，王淑云以为自己再一走，把客人一个人留下，未免不合适，她便和

23

何小波谈天。

她虽然好静，然而只是矫情所致，并非天性。她的天性，也是好玩，不愿意寂寞，真的把她一个人放在屋里，她也不干。她嘴里总说喜欢在深山里独居，或是海边独坐，其实一个人在屋里看书，一会儿便感到寂寞得悲哀。因为这点悲哀，遂觉世人之"群居终日，如此用心"之可鄙，而愈增加了她的骄傲，因此而更不能合群，这使她自己的天性埋没起来。她好理想，什么都有她的理想的天国，她的理想的天国，非常美丽，非常诗意而舒适。在她的理想天国里的人物生活，自然都和实际不一样，而且要比实际高得若干倍。见着张三，便想不如自己理想中的张三好；见了李四，便觉不如理想中的李四好，一切的一切，都不如她的理想，因此她的理想便越和实际生活离得远了。国家不如她理想的社会，学校不如她理想的学校，她的理想是非常伟大，而实际上却没有那样理想的国家、社会、学校人物。理想永远是理想，使她不能不和实际生活隔阂。她看见实际的一切生活，便越觉瞧不上而孤独。

像她这样的女人，实在太多了，尤以知识阶级为最。其好处似乎有些孤芳自赏，不同流合污，而坏处就是不彻底。在某一种机会，她能变她的节操，而发出她的天性。在这时候，往往因实际生活经验缺乏，而被欺骗、堕落，反而比一切女人要坏得多，还不如从幼时就生长在实际生活里的女人有毅力、有决断。俗语有句话，那意思是说女人说说闹闹的，倒不容易下手，越是沉默冷静的，一说就肯，就是这种道理。别看她矜持自许，在某一种机缘下，她能同一个极下三滥的男人恋爱。避免这种不幸，只有在教育方面，多多使她求得一种实际的生活，人群的生活。而教育者往往不明此理，却对于这种的学生加以赏赞，而更增加她的骄傲与孤独了。

王淑云一向被师长亲友所赞许，说她从小就有大人气，因此而把她养成一个天性埋没的女孩子了。她这时和何小波坐在屋里谈天，若是别的女人，或是王季云，便不会感到不自然，因为他们是天真的、坦白的。而王淑云便不然，她觉得和何小波在一起谈天，有些精神上的不安。可是她仍旧高兴。她的本心是愿意和一个异性谈天，甚至谈谈情话，甚至被一个异性抱着爱着。她享受这种甜蜜，这种情话，可是她不必爱这个异性。她愿享受这种甜蜜，而又保持她的尊严，她是这么矛盾。她希望何小波跪在她的面前求爱，说些爱她的话，甚至半强迫地拥抱她、吻她，而她却表示不爱何小波。她以为这种心情，人家不会知道，即或知道，也不觉其矛盾，连她自己也不觉矛盾。

　　她干什么都以为是对的，比方她说"天冷了，就不能穿丝袜了"，她以为她这话是绝对的对。一会儿，她却穿了丝袜，她又说"丝袜不能穿，太难看"，她也以为这是绝对的对。是的，说什么话都对，但她忘了，她的话前后如何矛盾了。这是比方的话，像这样的时候多得很。由此可说，她爱了甲，她说爱甲是非常对的，甲是可爱的。过些日子又爱了乙，又说乙是该爱的，甲不可爱了。而她并不觉得这是矛盾，她永远自己瞒哄自己，她也就是永远欺骗自己。她比王季云大两岁，她们都很美丽、很聪明。但是两个人的态度上，相差得很远了。

　　何小波是一个诚恳老实的青年，他很拘谨，但他并没有褪去天真，因为他并不世故。他爱王淑云，爱她的美丽，爱她的聪明，尤其爱她在冷静之中含着一种温情。他们谈着时局的事，她的发挥比何小波多，何小波很高兴，因为她说的话多，正表示她喜欢谈，那么至少她对于自己并不厌弃。

到十一点，何小波抬头看了看钟，表示要走的意思，而确实他是不愿走的。他看王淑云的神色，倘若王淑云仍旧谈得高兴，自己便跟她谈下去，倘若她不愿意谈了，自己便站起告辞，落得并不是人家逐客。王淑云更聪明，见他看钟，并不表示什么。她想，若是留他，倒显得自己太舍不得他似的；若是不留，又怕得罪了他，因为她到底是不愿意得罪他，而想和他谈下去。何小波见她没有表示，只得站起告辞。

王淑云这时也不表示留，也不表示送，她叫王仲云道："二哥，小波要走。"她想她二哥一定拦阻他不叫走的。

果然王仲云跑过来道："忙什么小波，十二点再走，今天礼拜六，明天礼拜，不上班，忙什么？"

何小波道："你们都跑到你们屋里歇着，叫三妹一个人跟我谈天，三妹也要歇着了。"

王淑云道："不，我每天老到一两点钟才睡呢。"何小波一听，又犹豫了。

王仲云道："再玩会儿，四妹也过来。"

王季云遂也跑了过来，他们又继续谈天。王仲云道："我想起来了，淑云该请栗子了，刚才不是你输了吗？"

王淑云道："谁买去呀？吴妈该叫她歇着了，她不能像咱们这样耗着。"

王仲云道："我买去。"

何小波道："不必买了，上趟大街也很远，明天我带来吧。"

王仲云道："那更好了。"王淑云便拿皮夹子掏钱。

何小波道："干吗呀？不必。我不管给别人带，我带我自己的。"

王仲云道："那更好了，你们一个人一斤，二斤栗子足够吃的了。这个钱你必须拿着，不能光叫你一个人请客。"

王季云笑道："请吃栗子和请吃糖一个样。"

王仲云鼓掌道："对啦。"说得何小波直不好意思，而王淑云却神色自若。

他们又谈了一会儿，不知不觉快到十二点钟，他方告别回去。

何小波走了之后，他们继续提到何小波之为人。王仲云最喜欢何小波，他同何小波由小时就是同学，又一块儿考进中学，中学毕业，又同入大学。王仲云的天资虽然不坏，但比何小波差些，他由少年就佩服何小波，他算何小波的唯一知己，他也把何小波当作自己的知己。大学毕业后，王仲云因为父亲在政界活动的关系，他便进到机关里得一个待遇很优的位置。何小波的家境很坏，在学校时，即不断受王仲云的帮助，离开学校，依着何小波的志愿，仍旧继续研究学业。可是家境不允许他再进取了，同时还需要他的帮助，没办法，只得出来做事。王仲云向父亲再三举荐，求给一个事情做，他父亲便荐到和王仲云一个机关里做事，同时他也是希望何小波多帮助自己的儿子。何小波的能力虽然高，但地位和报酬都比王仲云低，这就没法较真儿了。能够有这么一个事做，得以维持父母生活也总算谢天谢地。

何小波时常到王仲云家里来，由小时就和王淑云在一起，以前是无拘无束，直若家人，现在反而有些生疏了。这是因为年龄的关系，他们的天真都渐渐失去了。何小波对于王淑云，虽然是很爱她，但根本不敢起这个念想。他知道自己的家境很穷，王淑云的生活又是那么优越惯了，自知是齐大非偶，不敢有何冀图。不过王仲云却佩服他极了，认为王淑云如果有这么一个丈夫，那真是幸福之至，偶尔不免露出这个意思，这才渐渐打动了何小波的心。

王淑云对于何小波，也是钦佩他的学识。以前何小波曾不断给她们姐妹两个人补习功课，她们不但钦佩，而且还很感激。不过她总觉得何小波的家境不好，他只能做朋友，或者做爱人也可以，但是不能结婚的。何小波虽然家境清寒，但人却洁身自好，仪表非凡，相貌也颇美俊，遗憾的就是穷。近来王淑云的知识越高，她也知道爱情不能视金钱为转移，于是她才渐渐爱何小波。

　　不过她之爱何小波，也是一种虚荣。她以为时代女性，应当爱穷青年，她就爱何小波，她为表示她是时代女性，不是没有灵魂光看钱的女人。她虽然唱着这个高调，而实地她仍然幻想着自己发了一笔财，叫她们的生活得以无忧而舒适，享受优美而甜蜜。她的思想就是这么不彻底。

　　她本来在大学里读书，还没有毕业。因为事变，她休学了一年，第二年再想入校，她见和自己同班的同学，都升了一年，而自己仍在这年级，比人家低一年级，觉得不好意思，所以就不去了。其实休学一年，也不是降级，没有什么关系。即或是降级，但为了求学，也不能顾忌到面子问题，为了低一年级，竟至牺牲学业，这就是她的不彻底。她的见解都是不甚清楚，不透彻。

　　第二天，何小波真带了二斤栗子来。可是王仲云没有在家，因为罗表哥家里今天早晨送来口报，说罗表哥昨天夜里死了，所以他一早便去探丧，同时给张罗料理丧事。王老太太被街坊约去打牌，二嫂出去买东西，家里只剩下王淑云和王季云姐妹二人。

　　王季云正在廊子底下晒着太阳打毛衣，她见何小波来了，便叫道："姐姐，何先生来了。"

　　王淑云正寂寞，见何小波来了，自然欢迎，便让到客厅里。

　　何小波叫道："四妹来呀，吃栗子！仲云呢?"

王淑云道："他到罗表哥家里去了，罗表哥昨天夜里死了。"

何小波道："是吧，唉，真可惜，罗兄是多么聪明的人呀！"

这时王季云一边叫吴妈沏茶，一边走进来道："嘀，真请客！"

何小波道："可惜这时候没有热的。老太太呢？"

王淑云道："老太太被约去打牌了，二嫂到商场买东西去了。"

何小波道："想不到这么清静，你干吗呢？"

王淑云道："我看书呢。"

何小波一看是一本《绝妙好词》，他道："新的旧的你都看。"

王淑云道："这本是新式标点的，坏极了，错误太多，最差的是一首《西江月》，点得那么乱七八糟。《西江月》是最普通的牌子，一本小说前面，也来首《西江月》，差不多人人都会填写《西江月》了，这本还给标点错了，其余可知。我真奇怪，这种人也要标点书出版，而标点书之害人也就可想见了。"

何小波一看，可不是，错处太多，说道："那你还要看它。"

王淑云道："买了始终也没看，真气死我了。"

吴妈沏了茶来，他们一边吃栗子，一边喝茶。何小波道："四妹打毛衣哪。"

王季云道："我这是把旧的拆了重打。今年的毛线贵极了，而且不是纯毛，都是麻做的，有的故意弄许多线头，仿佛是旧毛线改的，其实不是。"

何小波道："战争时代，是遂得人们作假，欺骗人。"

他们谈了一会儿，何小波道："仲云一时回不来吧，我不想等他了。"其实他根本不是等王仲云的。

王季云道："你别走，我姐姐正闷得慌呢。"

何小波觉得王季云这个话真可爱，他道："有四妹还怕寂寞吗？"

王季云道:"我还打毛活去呢,我新买了一本《编织大全》,里头花样非常多。"说着,她又到廊下去打毛活了。

何小波笑道:"四妹真天真!"

王淑云道:"你喜欢天真的吗?"突如其来的问,简直使何小波不知怎么回答好。

他道:"天真有天真的好处。"

王淑云道:"男人总是喜欢女人的天真,因为天真的姑娘好欺骗,容易上当。"她说话,总是这么带刺儿,时常使何小波窘得手足无措。何小波怕她,但又爱她。

他道:"不都是这样,女人不是也爱天真的男孩子吗?"

王淑云道:"但是女人没有欺骗的心。"

何小波道:"男人也不见得有欺骗心,就以罗表哥说,竟是女人负心呀!"

王淑云道:"那也是他自找。"

王季云在廊下嚷道:"可不准提罗表哥呀!"他们都笑了。

何小波道:"四妹白天还害怕吗?"

王季云道:"白天听了,夜里做梦。"

何小波道:"这真奇怪,按说梦是思虑过度的现象,天真的人似乎不信有梦。"

王淑云道:"梦是有意识的,有时不必思虑,也会有梦。"

何小波道:"我每天都做梦,也爱做梦,可是梦里所见,都不是心头所想的,光做些噩梦。"

王淑云道:"你心头都想什么?"这话问得倒厉害,她永远好像随口而出地问,问得人家张口结舌,不知怎么回答。

其实她也是故意这样问,她有心挑逗何小波,叫何小波说心头想的是她。但何小波却是一个诚恳老实的青年，这个地方，他是没有这个机智的。即或她问得出，他也说不出，他只是以真实来感人而已。王淑云见何小波这种老实，并不感到高兴，觉得爱情这方面应当有种轻佻的作风，偶尔刺激一下，则是能够增进感情。过于轻佻，便是油滑；过于诚实，便是呆板，尤其对于富有机智的女人，轻佻的成分多一些，才能得到对方的欢心。

王淑云对何小波，感到他不懂得情趣。虽然他具有一股热的力量，也能使她心静，但究竟所得的愉快少。她现在没有一个爱人，追求她的人，也不是没有，只是一半她看不上，一半是被她的"厉害"——这个厉害，就是普通所谓之棘手——所慑，不敢对她表示。她现在很需要异性的安慰，何小波总算是现在唯一的知己。他身心健康，品端学优，外表也颇可爱，他会游泳，会写文章，会刻图章，会照相，美术的、体育的、文艺的他都会。像这样的青年，总不多见，遗憾的只有两样，一太老实，二太穷。

这两个短处，在王仲云与王季云兄妹曾再三向王淑云解说，说穷不足为虑，只要有本事，便能挣钱，何况爱情条件里是没有家富一说的。老实便更不是短处，现在想找一个老实人，是多么不容易。

王淑云也认为这话很对，不过她说："穷困是不能算病，我们也不能嫌贫爱富。不过生活必须有一种趣味，物资上缺乏享受，精神上必须愉快。情人是每天处在一块儿，如果生活过于呆板，似乎无味了。"

王仲云说："生活趣味，也在人做，比方何小波也会各种运动游戏，生活何尝枯燥？"

王淑云说："这个生活趣味，你们不懂，我引《兰亭序》里一句话，你们就明白了。《兰亭序》里说，虽然丝竹管弦之盛，一觞一咏，亦足以畅叙幽情。又说，夫人之相兴，俯仰一世，或取诸怀抱，悟言一室之内，或因寄可所托，放浪形骸之外。虽取舍各殊，静躁不一，当其欣于所遇，暂得己，快然自足。人生虽不是游戏，但也不能太严肃吧！"

王仲云道："这话也对，可是何小波也不是太呆板的人，他对于你总有些拘束而已。只要你能启迪他的兴趣，他也是很富于趣味的呀！"因此，王淑云便接受了他们的意见，而想启发何小波的情绪，所以才有今天这一问。假如何小波说："我心头想的，便是面前的人。"王淑云一定喜欢了，可是何小波没有说出来，他怕说出造次。王淑云有点失望，不过她想到何小波能够说出梦见的不是心头想的这话，已经是进步多了。

这时王季云在廊下道："我知道你心头想的是谁。"

何小波笑道："是谁呀？"他想借王季云的口说了出来。

果然王季云说："是三姐对不对？"

何小波笑了，王淑云没有言语。何小波看了她一眼，她却把眼睛望着屋顶，一时竟沉默起来。都想要说话，可不知说什么好。

王季云仍旧说："对不对呀？"她是故意给何小波一个机会，逼着叫何小波说出来。

何小波被逼得没有法，假如再不说，则仿佛心头想的不是王淑云似的。他道："四妹说的真对。"

王季云道："哈哈，如何，快请吃糖！"说着，放下毛线道，"我给二哥打电话。"

王淑云道："你给他打电话干什么？"

王季云道："何先生请吃糖，我还不把二哥叫回来吗？"

正说着，二嫂回来了，问道："谁请吃糖，你二哥这份由我代理。"

王季云道："得，何先生快买糖吃！"

二嫂一直回到自己屋里，把东西放下，随后又来到客厅，说道："何先生刚来吗？"

何小波道："我们把栗子都吃完了。你上商场了？"

二嫂道："可不是，嗬，电车这挤呀，真挤得要死。"

何小波道："听说曾挤死过人。"

二嫂道："真得挤死，半点钟不来一辆，你想这些人怎么挤得上呢？"

王淑云道："根本应当分段卖票，这车由天桥就坐满了人，一直到太平仓，当中各站的人，就无法上去。假如分段卖票，由前门到西单算一段，那么由前门上菜市的人，必得到西单都得下来，其实少坐一站没有什么，而西单多少的乘客都可以上去了。市政尤其是交通，应当越办越叫人舒适才对，不能净顾了自己管理省事。"

何小波道："可不是，应当分段制才对，这样公司也可以多收入一些钱呢。"

王淑云见何小波附和着自己说话，她高兴了。

二嫂给何小波倒了一碗茶道："何先生喝茶。"她自己也倒了一碗，问道："三妹喝吗？"

王淑云道："我不喝了。"

二嫂道："这电车挤得我直渴。"

王淑云道："你不会在商场喝点儿咖啡？"

二嫂道："我一个人才不去。"

王淑云这时感到没有爱人总是缺陷，一向总是和四妹一块儿出去，假如她没有工夫的时候，自己到哪去都不方便似的。尤其是公园娱乐场，如果没有男人跟着，不知都是哪里的野男人，跟在后面，说些不三不四的话。二哥有了二嫂，不能跟着自己出去，这时候却显得何小波可爱了，何小波是多么听话呀。

她们说了一些话，二嫂道："妈妈打牌还不回来，晚饭在不在家吃？"

王淑云道："你去看一看去，若是够手你也打几圈。"

二嫂笑道："你当是我那么大瘾呢。"

王淑云道："看歪脖子胡都是过瘾的。"

二嫂道："我怕妈妈眼睛不好，给妈妈看着。"

王淑云道："你不怕累你就去，打完了牌一块儿回来吃饭，不必叫妈在人家那里吃。"

二嫂答应着，又喝了一碗茶去了。

何小波道："二嫂精神真好。"

王淑云道："她就是牌瘾大，一听见打牌，一看见牌，精神就来了。"

何小波道："一个人总得有个嗜好，精神才有寄托。不过嗜好不要影响身心的健康才好。如果能启发智慧，怡情养性，有个嗜好也倒有益。"

这时王季云说："都五点了，王杰奎快要放送了。"她跑到她母亲屋里去听无线电广播的评书去了。

何小波道："四妹这个嗜好也倒不错。"

王淑云道："她都成了迷症了，到这个时候，什么也不干，非听这段不可。明天非要我跟她租阅武侠小说去。"

何小波道："一般人喜欢听王杰奎，因为他的《小五义》便宜。《小五义》这部书，写得的确不错，故事在简单中有曲折，在平淡中有紧张，它没有剑仙神性之说，也没有'金鸡独立''顺水推舟'

等名词，所以人看着最合适。"

王淑云道："这一说你看过《小五义》?"

何小波道："是的，武侠小说看过不少。"

王淑云道："《七侠五义》里，你最喜欢谁?"

何小波道："我喜欢东方玉仙。"

王淑云哼了一声，说道："她有什么可喜欢的? 我喜欢白玉堂，漂亮而又毒辣。"

何小波也哼了一声，王淑云道："你哼什么?"

何小波道："那么你哼的是什么?"

王淑云道："我哼的是你的眼光太歪曲。"

何小波道："我哼的是你的眼光真正确。"

王淑云扑哧笑了，看着窗外的天空。她坐在沙发上，把右腿放在左腿上，两手叉着抱着右腿的膝，说道："这样的天气，应当到外边玩玩，把光阴全牺牲在屋子里，真有点无聊。"

何小波道："那么我们出去玩会儿。"

王淑云道："不，这时候晚了，玩得不能高兴，又忙赶着回家。"

何小波道："明天上班，又不能玩，只好等下礼拜日了。"

王淑云道："下礼拜日不知道天气怎么样呢，到下礼拜日再说吧，也许给我们一个好天气，叫我们去玩。"

何小波一听，十分欢喜，难得能够陪着她出去玩。以前若是出去玩，都是有她一家人，虽然热闹，但总觉拘束，倘若能同她单独去玩，岂不愉快?

他们正在谈着话，忽然听到一种刺耳的号令，不觉一怔。

要知后事如何，且看下章便知。

第二章　初　恋

话说何小波正在王淑云家里坐着说话，忽听一声惨呼。何小波道："什么?"

王淑云道："听，这又是东院街坊婆婆打儿媳妇呢。"

何小波一听，一个妇人的惨呼，十分刺耳，那种凄惨，都为之毛骨悚然。何小波道："怎么光听见号而听不见打人?"

王淑云道："这一定是拿剪子扎呢。"

何小波不由怒发冲冠，他道："人间还有这种惨事，他们时常打吗?"

王淑云道："三天两头地打。"

何小波道："怎么没人管?"

王淑云道："谁敢哪，现在是各扫门前雪。"

何小波道："哎呀，你听，太凄惨了!"他几乎不能忍耐。

王淑云道："以前他们打的时候，我们听到那边哭号，都得堵着耳朵。最近因为听惯了，渐渐也能忍耐了。"

何小波道："哎呀，这是人间的惨剧呀，怎么能不管呢? 你听，喊起救命来，她是多么难受呀! 人类是这么残忍!"

这时呼声越来越高，把无线电声音都压下去了。王季云都听见了，她连忙跑了过来，说道："这家子又打上了，怎么没有人管？我要是个男人，我非得过去质问她不可，那个娘儿们太可恶了。"

何小波道："我去问去。"

王淑云拉住他道："不必去了，管闲事其实为好，回头找许多麻烦。"

何小波道："麻烦怕什么，她若不听，我就叫巡警去。巡警再不管，我就到区里告发她们，太无人道了。"说着，又要走。

王淑云道："我看不管也罢。"

何小波道："你不是喜欢白玉堂吗？"

王淑云笑了，她道："我是怕你跟人家打起来。"

何小波道："我先跟她们好说，劝劝她们，若是不听，我就找警察去。"

王淑云道："人与人之间，竟会这样残忍。奇怪的是那儿媳妇为什么不反抗呢？这种女人，将来即或存在，也要被天然淘汰。"

王小波去了，王季云道："我也跟了去。"

王淑云道："你去做什么？"

王季云道："他们若是打起来，我好告诉你。"说着，就同何小波一同去了。

来到街坊院中，就见一个老娘儿们还在打媳妇，那媳妇哭着跪着求饶，那老娘儿们只是不理，一边打一边骂。街坊各屋全都在屋里听着，也不出来劝。

那媳妇哀告道："哪位好心给劝劝吧，救救命吧！"可是求也不出来。

何小波看着这惨剧，实在忍不住，王季云在一旁都看呆了。那妇人满头都是血，头发都乱了，真像鬼一样。何小波走上前道："这位老太太，您干什么这样打她？瞧我啦，您饶了她吧！"

那老娘儿们看了看何小波道："你们不必管，谁也管不了。"

何小波道："街里街坊，哪能不管呢？"

老娘儿们道："这些家街坊谁也不管。"

何小波道："那不能这样说，人家管总是为您好。"

老娘儿们道："不必，我们家务事，用不着别人管。趁早该干什么就干什么，别管我们的闲事。要是说出不好听的，可别抱怨。"

何小波心说，这妇人真和野兽一样。他忍住了气，问道："倒是为什么这么打她呀？"

那老娘儿们道："我爱打，你管不着，她是我家人。"

何小波道："老太太你这就错了，她虽然是你家人，但你这样打她，就许有人管。"

那老娘儿们道："还不错呐，我看谁敢管？"说着，仍旧打，一边打一边说，"越有人劝，我越打得厉害。"

何小波见她这样不讲道理，便走了过去喝道："你要再打，我叫她跟你打官司。"

老娘儿们一听，说道："她是我儿媳妇，我打是应该的。你打什么官司？"

何小波道："现在这年头不是从前年头了。就是从前的年头，你这样虐待儿媳妇，也有王法管着，你知道不知道？你要是再不听，我马上叫警察去，把你带走。你看她浑身是伤，就是凭据。把你带走，就治你罪。"

老娘儿们有点害怕，可是她还强硬，说道："带我？正好，我还想告她娘家。她娘家没有人，你帮助她打官司，咱们就打官司。"

何小波道："你跟我打得着官司吗？到底因为什么呀？"

老娘儿们道："因为什么？她天天偷嘴吃，我就得打她。"

那妇人道："先生，她一天就给我一碗豆腐渣吃，要不然就给我一块白薯，我饿呀。我多吃半碗豆腐渣，就打得我这样。"

那老娘儿们道："早晨给她好容易凑了一块钱，叫她去挤烟去，买三四盒再卖，就赚两三块钱。她出去半天，烟卷没给我买来，把一块钱给我丢了，你说多可气。"

何小波一听，社会上的罪，都是连带关系，好像是循环的。若是没有小偷，何至于挨打？可是小偷又怎么来的呢，不是也因为饥饿吗？他道："为丢了一块钱，也不至于打得这样，她也是不愿意丢呀。得啦，这一块钱我给拿出来，另外再给你一块钱，再不准打她了。"说着，掏出两块钱来给她，又道："你若是把她打出好歹，你也不好。假如你有女儿给了人家，叫人这样打，你看着不心疼吗？你想一想，你净为你出气，她是多么难受。不用说打得这样，我若拿着针扎你一下，你算算有多疼？何况你拿剪刀这样扎她？你想一想就不会再打她了。况且，你若把她打死，你能有好处吗？你是不是还得打官司？即或不打官司，你是不是得给她埋掉，你得花多少钱？比丢一块钱多多了。"

那老娘儿们见有了这两块钱，自然高兴了，立刻说道："谢谢您啦，这个娘儿们不管她简直不成，今天冲着先生的面子，给我做活儿去。"

那妇人给何小波磕了一个头，进到屋里去了。何小波又嘱咐那老娘儿们几句，这才同王季云走去。

回到家里，王淑云问怎么说的，王季云把何小波给了两块钱的事一说，王淑云道："你这两块钱，却给那媳妇招是非了。"

何小波怔道："怎么？"

王淑云说："她见一打儿媳妇就来两块钱，以后她更爱打了。"

何小波道："以后再打，就给她告警察，真奇怪，那老娘儿们就没挨过打吗？她挨打的时候不知疼吗？怎么她竟下那样毒手？"

王淑云道："人若有反省的工夫，都成了圣人。孔子说，已所不欲，勿施于人。虽然话很简单，可是现在能够做到的有几个呢？"

王季云道："所以圣人的话值钱，就在这个地方。"

话实在是有理，可是即或是说这话的，也未必做得到。人类总是自私的、报复的。

他们又谈了一会儿，二嫂回来了，说道："老太太不回来吃饭了。"

王淑云道："你没叫妈回来吗？"

二嫂道："人家不叫走，老太太又赢点钱，所以也不走。妈告诉我，咱们吃咱们的。"

王淑云道："那么你饿不饿？咱们叫吴妈做饭吧。"

二嫂道："我去帮着她去。"二嫂到厨房去了。

何小波要走，王淑云和王季云都拦住他道："你在这儿吃完再走吧。"

何小波道："我家里不知道呀。"

王季云道："不知道怕什么，不必借词。我家今天妈妈和二哥都不回来吃，总有富余的。"何小波被她们留着，遂又坐下了。

王淑云道："你近来怎么越来越假了？"

何小波道："怎么？"

王淑云道："这些年了，哪回吃饭，一让你你便吃，近来怎么竟这样客气？"

何小波道："近来不是因为粮食不好买嘛，我这并不是假呀。"

一会儿，饭得了，王淑云道："你尝尝吧，我二嫂做的菜好极了。"

何小波道："我久仰二嫂的菜是非常好吃的，仲云真是幸福，有这样一位好太太。"

他夸奖二嫂，不料王淑云却误会了。她道："你需要这样的太太吗？"

何小波这时方想到王淑云和二嫂不一样，她是光会唱高调而不会做的。自己一谈二嫂，显而易见似觉得她不如二嫂似的。他急忙改口道："人各不一样，有的需要这样的太太，有的需要那样的太太，必须看情况如何，二哥有二嫂，那是最合适的了。"

王淑云道："以后我也给你介绍这么一位太太怎么样？"

何小波有点慌，为了这一句话，她要挑起眼来，又真麻烦了。他忙道："不。"

王淑云道："你不是喜欢二嫂那样的人吗？"

何小波道："我说对于二哥是合适的。"

王淑云道："我看你要娶这么一位太太，一定不错。"

何小波真不知如何回答了，他真有点窘。王季云给解围道："你瞧，三姐老是这样挤对人，其实人才说了这么一句话。"

王淑云笑了。吃完了饭，又玩到深夜，何小波这才告别回家。王淑云送到门外，说道："下礼拜日我们玩去。"

何小波道："好，上哪儿玩去呀？"

王淑云道："我们上艺园试验场吧！"

何小波道："什么时候？"

王淑云道："吃完午饭，你找我来吧。"何小波答应着去了。

他今天真是快乐极了，他虽然没有和王淑云直接表明爱，但是由王季云的旁敲侧击，他们确已心心相印，而王淑云并未表示拒绝，这是多么可喜呢！

母亲何老太太问道："今天回来怎么这样晚呢？"

他只得说实话道："在王仲云家里玩了。"

何老太太知道他跟王淑云很好，王仲云也有意给他们撮合，不过何老太太以为自己的家境和人家的家境相差太远了。王淑云也曾来过自己的家，那孩子又聪明，又美丽，又安详，又有钱，当自己的儿媳，总有些不相衬。她常对儿子说："王淑云那孩子固然可爱，但是你得想想自己，咱家里和人家哪里比得上，即或她愿意，但是过得门来，也是麻烦。"何小波只是不语，他知道王淑云嫁给自己，她虽然不会受罪，但也不会享福。不过他实在爱她，母亲的意思，他也明白，而孝与爱，不断地互相争斗着。

到了二十五日，该拿薪水了，因此每逢二十五日，局子里特别热闹。时常告假不来的，也来到局子里，无形中二十五日是同人聚集的日子。领下薪水，有的去找爱人去玩，那早就约好二十五日在咖啡馆里见，拿下薪水来，便去咖啡馆。倘若今天不发薪水，那着急可不得了，再东摘西借，而爱人的约会也不能不去。有的跟女同事聚餐，有的薪水都预支没有了，哭丧着脸，看着人家拿着薪水去玩。

何小波拿着薪水，回到家里，他每月都是把薪水全数交给母亲，这回因为想着礼拜日和王淑云的约会，他必须预备几个钱，同爱人一块儿玩，焉能不花钱？即或不花，也得预备着呀，他为了难。他留下十块钱，跟母亲说道："我们同事在礼拜日有个聚餐，一个人拿十块钱。"

何老太太道："十块钱够吗，你也得多拿几块吧？"

何小波道："够了。"

他心里难过，如同刀刺一般，这简直是欺骗母亲了。拿着这十块钱好几天都不舒服，而想到星期日和王淑云玩得甜蜜，又不由一阵阵愉快。他本来每天和母亲要车钱和一顿午饭的菜钱。所谓菜钱，不过是两个油条就是了，每天早晨由家里带着烧饼上班，午饭的时候，卷两个馃子而已。可是自这天起，他每天不坐车了，很早就起，走着去。午饭的时候，也不买油条了，一天省下一块钱，为是留着跟王淑云去玩。

到了礼拜日，手里有十四块钱，他想怎么也够了。吃完了午饭，便要出门。何老太太说道："你若是有工夫，给我带回一块钱的梨来。"说着，便给了他一块钱。何小波拿了钱，便去找王淑云。

到了她家，老太太等又没在家。昨天他就听王仲云告诉了他，说罗表哥家明天开吊，老太太连二嫂都去，家里没有什么人，你去找王淑云她们谈话最妙了。

他到了她家，听客厅里有许多人说着话，他就不敢进去了。在院里叫了一声淑云，客厅里出来王季云，叫他道："来，里边坐。"他遂进到客厅，一看，有许多王季云的同学在谈天。王季云给他们介绍了，何小波又问王淑云呢，王季云道："她在她屋里，你到她屋里去也好。"何小波以前时常在她们的家里温习功课，不是没有去过的，同时他感觉客厅里的女人多，使自己拘束不安，他遂到王淑云的屋前，在门外一敲门，王淑云道："进来！"

何小波进去了，他见王淑云正洗着脸，梳她的头发，今天她把头发在她的领上又卷了一个小卷，觉得特别美丽好看。她照着镜子，说道："坐下。"

何小波把帽子放在桌上，大衣挂起来，坐在床榻旁边的小沙发上。他看着她这样美丽，想到自己要有这么一个太太，似乎折杀了自己，糟蹋了她。

她道："今天有风吗？"

何小波道："没有，天气很好。以前总是礼拜日子有风，今天却天气清和。"

王淑云道："不冷吧？"

何小波道："不太冷，穿那呢子大衣合适，皮和长毛绒的都热一点儿。"

王淑云打扮完了，看了何小波一眼，何小波立刻觉得窘迫，怕她看出自己哪一点不和她的衬来。他昨天理的发，衬衫也是新洗的。王淑云见他今天更漂亮了，也自喜欢，跟着情人出去玩，也得态度不俗才好。她穿上大衣，把头发撩到大衣外边，又照了照镜子，看了看高跟鞋。何小波穿了大衣。王淑云叫吴妈叫车，她也是最不爱坐电车的。

吴妈说："熟车拉老太太和二奶奶上罗家去了。"

王淑云道："你给叫两个吧，拉艺园试验场。"

吴妈去了，一会儿回来，说道："小姐，雇来了，三块钱一辆。"

王淑云道："走吧。"何小波遂跟了出来。

坐在洋车上，他算计着，两辆车就六块钱，来回就得十二块。若是给母亲买梨，够买十二回的。恋爱谁说是精神的呢，没有物质跟随着成吗？自己只有十四块钱，车钱先出去十二块，还有两块钱，够干什么的呢？像这样的追求恋爱，算了吧，没有媳妇就没有媳妇吧，自己先别受这个罪了。这十四块钱先买五六斤棒子面，到底是解饿呀。这样花着，未免太浪费了，自己就没有这样花过钱呀。

到了博物馆，他拿出钱来给车钱，而王淑云已经把她的车钱给了。何小波少花了三块钱，他又感激了她。买票进园，他们先到动物园，动物园里的动物都没有什么了，听说为免空袭时的危险，大概都要死了。现在只热闹了猴，那猴山做得非常有意思，那些猴蹿上蹿下，非常快活。

王淑云道："人似乎没有猴快活。"

何小波道："我看人比起猴来，倒是退化了。你看猿猴的身手多么矫健。"

他们看了一会儿，便到植物园。一看，落叶满地，荒凉至极。那一行美国种子的乔木，在几片白云底下，秃着它的枝干。到底植物园的游人少多了，他们一边走着一边谈着。

王淑云道："你说恋爱好结婚好？"

何小波道："恋爱就是结婚，结婚就是恋爱。"

王淑云道："我说的是恋爱之后就结婚好，还是把恋爱的时候延长好。"

何小波不明白她的意思，说道："当然结婚好些。"

王淑云道："不，我以为恋爱比结婚好，女人一结婚就没有意思了。"

何小波道："怎么没有意思了呢？"

王淑云道："女人一结婚就是男人的附属物了。"

何小波觉得王淑云这话似是而非，可又不敢辩。如果一辩，她就要生气，他只得随着她的意思去说。王淑云是探他的口气，如果他一定赞成结婚，自己便不再爱他。如果他赞成恋爱而不结婚，那就爱他。她以为何小波实在是个老实人，遂更爱了他。非得这样的听话的男人，才能使自己快活。

他们走到豳风堂，伙计从屋里走出来道："您二位歇会吧。"

45

何小波一看，冷落至极，夏天的时候，这个地方总坐满了人，现在一个人也没有了。他不想坐着，游园当然以走为合适，坐在屋里，还不如家里舒服呢。但是王淑云却要坐一会儿，她以为游园而不在茶座里坐，是一种缺陷。她直往屋里走，何小波也跟随着，进到屋里。只有一个小火，并不温暖。伙计沏了茶，端上几碟吃货。王淑云又要点心，伙计说："现在材料少，不敢预备。"一样都没有。他们坐了会儿，喝了碗不浓不淡的茶，王淑云把糖、花生、瓜子等，一样都抓了一点，吃完了全都算钱，剩下的又不能带着走，何小波看着真心疼。

坐了一会儿，王淑云叫伙计算多少钱，伙计说："四块二毛。"

"你甭给。"何小波忙着掏钱，王淑云已经拿出一张五元的票子，放在桌上，说道："不用找了。"

伙计道："谢谢。"

何小波一看，如何能叫她给钱，忙叫伙计道："你拿这个去吧。"

伙计一看是五张零的，同时王淑云的钱已经拿到手里，假如接何小波的，这位先生是不是也给那么多小费，就不得而知了。他站在一旁，说道："哪位都一样。"王淑云已经拿着钱袋走了出去。伙计道："得啦，下回再收您的吧。"

何小波只好把钱收起，心里面过意不去。出来道："焉能叫你给钱呢？"

王淑云道："是我约你来的，自然由我给。"她是知道何小波的手头不宽裕呀。

他们走在寂静的路上，冷云的影，时常从腿底下走过去。王淑云道："穿着大衣游园，也颇有诗意呀！"

何小波道："这是兴之所致，古文秉烛夜游，良有以也。"他还

46

懂一句古文。

王淑云道："现在若是秉烛夜游，人家一定要说是半疯了。"

他们上到畅观楼，楼上除了看守的人以外，一个人也没有。他们要到露台上，望着全园的风景，王淑云道："我若发了财，不必要这么大的园子，只有这园子的四分之一就得，我就终日隐在园子里，一生都知足了。"

何小波道："我若是有这么一个园子还不知足。"

王淑云道："这真不知足吗？"

何小波道："必须还有一个爱人。"王淑云亦没有言语，倚着栏杆往远处看。

何小波站在她的旁边，看着她那婀娜的体姿，不由心动。他想说出"我爱你"，可是说不出来。真奇怪，这三个字有这么大的分量，竟不能提出口来。他先有点心跳，半晌，都没有言语。王淑云的脑子不知在想什么，光是不转睛地望着。

何小波叫道："三妹。"他的声音有些颤，而且喉咙仿佛有痰似的堵着。王淑云回过头来看他，他又不知怎么好了。他挨近她的身旁，又低声说道："你爱我吗？"

王淑云便倚在他的怀里道："你呢？"

何小波道："我爱你。"

王淑云把头低下去，何小波刚要抱她，她忽然敏感地说道："有人上来了吧？"何小波便离了她，等了一会儿，也没有人上来。

何小波道："你真有些过敏。"

王淑云道："咱们走吧。"于是他们往露台上走了下来。下到楼梯地方，何小波手扶着她，整个人乘势一倚，何小波便抱了她。王淑云仰起头来，两个人的嘴唇便吻在一起。人生真是不可思议，谁也没有想到，他们的初吻，竟在这畅观楼的梯阶上。这是命运之神所主使的吗？他们的将来，竟会像楼梯一样愈趋愈下了。

他们出了畅观楼，何小波还说："纪念着我们这个可爱的日子，可爱的畅观楼，可爱的楼梯的一刹那！"

王淑云笑了，他们慢慢地踱着荒径，说不尽的甜蜜的话。他们都说，小学时代到远处旅行，觉得玩了一天还没有游尽似的，现在却一点也不觉得累，爱的力量是非常伟大。他们不但忘了累，而且忘了一切。何小波连他的母亲等着吃梨，他也忘了。

出了园门，自然是回到王淑云家里。这回他抢着给车钱，因为得到了无价的安慰，就是把性命牺牲也可以，何况几块钱车钱呢？进到家里，老太太和二哥二嫂还没回来，王季云的同学们刚走，何小波仍到客厅里坐，王淑云叫老妈子打洗脸水。

王季云来到客厅和何小波说话，她问他们都玩什么了，何小波说他们如何上畅观楼，如何在露台上玩，而并没有提到接吻的事。

王季云说道："你们……"

何小波道："我们什么？"

王季云道："你们……我不会说。"她笑着，何小波也笑了。

王季云便知道他们大概已经走入恋途，而明白表示了。她又说："方才你们走的时候，我的同学问你是谁，我就说是我姐姐的爱人，她们都说不错。"

何小波说："哎呀，你说得早一点儿，这时候说才合适，方才说还不行。"

王季云道："我猜到这时候一定行了，所以我提前告诉了她们。"

何小波道："万一要不成呢，多么不合适？"

王季云道："没有不成的，我姐姐的脾气，我还不知道吗？只要

48

她能同你出去玩，那就没有问题。其实她早就爱了你，可是她口头上总是唱高调的。"

正说着，就听王淑云一边在院里叫吴妈开饭，一边往客厅里走，这两个人便不言语了。王淑云走了进来，他们两个人越发沉默，想不出说什么。

王淑云道："你们见我来了，就不说了，是不是正在讲究我？"

何小波道："我们正在说街坊的事。你们的街坊怎么样了，还每天打吗？"

王淑云道："哼，她倒想打却打不着了。"

何小波道："怎么？"

王淑云道："你不知道吗？"

何小波道："我怎么会知道？"

王淑云道："那么方才你们不是正谈这件事吗？"

何小波道："哦，刚，刚才，对啦，不过她没说详细。"

王季云忙道："我不是告诉你吗，那个小媳妇不是死了吗？"

何小波道："死了，哎呀，太可怜了。"

王淑云用幽默的口吻说道："方才她告诉你时，并不可怜，这时才觉可怜，是不是？"

何小波道："你太聪明了。"他感觉他智力不够，感情胜过理智的，在王季云说妇人之死，他的感情竟受感动，而忘记王季云是为圆他的谎而说的了。

他们谈了一会儿话，吴妈来开饭，何小波就要走。吴妈说道："何先生这里吃吧，做着富余呢。二位小妹也闷得慌，您别走了。"王季云也拦他。

王淑云道："他若再这样客气，以后我们再也不留他了。"

49

何小波道："实在不是客气，因我母亲叫我买梨，我得先给送回家去。吃完饭一玩儿，恐怕又到夜里了。"

王淑云道："你倒真是孝子，那么我也不拦你了。"

何小波道："明天我还许来。"

王淑云道："明天你不上班吗？"

何小波道："我下了班来。"

说着，他走了出来。王淑云如果没有特别的话，便不送他，因为他来和自家一个样，出入不禁，来的时候不必叫门，走的时候也不必送。可是今天王淑云却送他出来，他以为王淑云又有什么话。其实王淑云今天和他发生初恋的关系，感情上不由得把他送出来，说道："明天来吗？"

何小波道："你喜欢我吗？"

王淑云道："废话，你来不来吧？"

何小波道："我愿意天天来见你，只要你喜欢。"

王淑云道："明天见。"

何小波一笑而别，来到大街，给母亲买梨，忽然想起来，自己曾对母亲说今天有聚餐，不必叫母亲等着自己吃饭，自己又回去吃饭，岂不是显见撒谎吗？方才把这个茬儿忘了，不然和王淑云一块儿吃饭多么舒适呢？自己一时自尊心驱使，怕她们看不起，这一来，自己还得在外边吃。他来到商场，剩下几块钱，不敢吃饭，只吃了两碗豆腐脑和几块烧饼，一算也到四块钱了。吃完了，买了两元钱的梨，回到家里去了。

把梨给了母亲，何老太太一看，说道："这是一块钱的吗？"

何小波道："不是，这是两块钱的。我因为这梨不错，所以多买了一块钱的梨。"

何老太太欢喜得不得了，立刻拿了起来，说道："你吃一个呀。"

何小波道："我吃过啦。"他感到母亲看多买了一块钱的梨，就这样欢喜，而和王淑云花几块钱，她一点也没往心里去。不过想到今天能够和她谈到爱，和她接了吻，这是非常使自己愉快的事。这点愉快，永远是忘不了的。他净琢磨今天的快乐，所以和母亲说的话都少了。到了夜里睡觉，他都睡不着了。他如同得着极贵重的宝物一般，他可以向世人骄傲，他贫都不足患，他有了安慰，他有了至上无比的爱情，比任何都伟大，比任何都有价值。

第二天上了班，而昨天的甜蜜还不能忘，不但今天不能忘，即或明年，即或到老了，也不会忘的了。在那畅观楼楼梯，她倚在自己的怀里，她的身体是多么清洁。

同事们见他办着公事，时常地莞尔一笑，不由说道："老何今天怎么直笑，昨天做什么好玩来着？"

何小波道："没有，我瞎乐着玩。"

同事们道："没有的话，还有乐着玩的！你说吧，你请吃糖不请？"

何小波道："请是请，可是还没有到时候，因为我还没有爱人。"

同事们道："你会没有爱人？冤谁呢？你要不说出来，我非得给你宣布秘密了。"

何小波道："等我有秘密的。"

这个同事姓查，叫查士广，专门爱查人家的秘密。他道："你还不说，昨天我看见了，两辆三轮车，一个女的坐前边的，你坐后边的，跑得非常快。那女的挺漂亮，穿着大衣，你们哪儿去了？你说。"

其实这个查士广诈他，根本没有看见。何小波以为他真看见了

51

呢，说："那是一个朋友。"

查士广道："怎么样，朋友怎么着？男女一交朋友，就有爱情。你就请客吧，小伙。"

大家也直哄，何小波一想今天幸而王仲云没有来，不然当着他多不好意思。莫如把这事和大家坦白地说了，免得以后他们胡说，叫王仲云听见也不合适。他遂对大众说了，大家一听是王仲云的妹妹，谁也不好再哄了，因为王仲云人家有势力，得罪不得。

大家又谈到局面变换，都得活动活动，并不希望高升，只望不被换下来。大家都活动，应该裁谁呢？这就看谁送礼送得多了。这年头没办法，虽然挣这几个钱，还不够生活的，可是还得当当卖东西来应酬。现在有一样好处，就是商店都有了礼券，怀里揣了一张礼券，到上司家里去托事，假如看着有十成把握，准可迁升，便把礼券拿出来，因为还可以捞得回本来。倘然看上司支吾敷衍，或是婉言谢绝，那礼券便拿了回来，别去了差事又赔钱。而上司却更机灵，当面满口应允，一百二十分的把握，等到收下礼券，便把事放在脖子后边了。大家每天研究怎样送礼才不赔本儿，怎样请客才位置高升，真正公事也没有这样费脑子。大家整天坐在办公桌上谈天，忙的只是几个秘书与雇员而已。女职员尤其没有事，天天光把着电话耳机，也不知哪里那么多朋友、那么多电话。别的职员打电话，声音稍微大些，科长便瞪两眼，而女职员打电话，一打就半个钟头，科长连言语也不言语。

大家谈着天，说着恋爱的事，这里有个叫刘德的，为人机警，说话刻薄，好玩笑，时时刻刻引人发笑。这时有个同事提到某一科那位女同事，刘德说道："那位女同事，是永和九年。"

大家一听，不懂他的话是什么意思。他道："你们背《兰亭序》

就知道了。"

大家一念"永和九年，时在癸丑"，不由全笑了。因为"时在癸丑"和"实在鬼丑"同音啊！大家同嚷妙，何小波也笑了。于是"永和九年"便成了歇后语了。

到了晚上，下了班，何小波便跑到王淑云家来。他自己觉得来得太勤了，人家会看不起，可是他又想着看王淑云，矛盾的心，不断地交争着。到了王淑云的家，王仲云都睡觉了。他两天一夜没有睡，这是他给罗表哥家里送殡，一直送到坟地，回来就吃了些东西，到澡堂子洗了澡，回来便睡了。王老太太也觉累得慌，虽然没有送殡，可是这两天连打牌再张七，也怪累得慌的。所以王老太太也跟王仲云一块儿吃了点东西，睡觉了。只有二嫂和王淑云在家，王季云和同学们到商场租阅小说去了。

她爱看小说，虽然她并不短钱，但是天天买小说，也所费不资。她还得看电影买文具什么的呢，她没有收入，所以不能不打算盘。她比王淑云强得多了，王淑云是真花钱如流水，她好面子，出去吃饭，永远得挑大饭馆子，买东西永远不爱打价儿，打价儿怕寒碜。在咖啡馆喝咖啡，其实喝一杯就够了，但她必要喝两杯，而且走时给小费也给得多。出门不坐电车，王季云便能挤电车。种种地方，王淑云都比王季云花钱花得多。她一半是享受比王季云大，一半是好面子好虚荣所致。

何小波爱了她，实在是走错了路。不过王淑云叫他崇拜的是她的思想，她的思想很好，可是永远不那样做。她说人当吃苦，可是她却先不能吃苦。她坐在客厅的沙发上，对何小波发挥她的理想，她说她将来要搬到乡间去住，在乡间住草房子，自己耕地，自己推磨。何小波听了她的话，越发钦佩，而不想她的话，只是一说而已，他并不考察她的实际生活怎么样。电灯灭了，点两支洋蜡还嫌不亮，若是在那乡间点麻子油灯，光冒烟而不亮，她能受得了吗？在客厅沙发上坐一会儿，还嫌累得慌，在乡间坐大炕，她成吗？出门电车都不愿坐，在乡间去推磨，她成吗？看着穷人和劳工，嫌她们粗俗肮脏，到了乡间和农人在一起谈天，她成吗？她光是理想，而这理想还是别人的，她只是抄袭而已。人家都说应当到农村去，于是她也说到农村去。一些有志气的青年往往被这种光说不练的女人所惑，倾倒追慕，如愿似狂。一到结婚，完全都变了。这一半是年轻的知识不健全，一半也是男的知识不足。

王淑云和何小波说了一会儿话，王季云回来了，提着一袋子书，全是小说，有武侠的，也有言情的。

王淑云道："你总看这些没用的，你倒是看些正经的呀！比如高尔基的、托尔斯泰的……总比这些强。"

王季云道："我看小说不是为增长学问，我就是为消磨时光。"

王淑云道："看物理化学，一样消磨时光。"

王季云道："你怎么不看物理化学？人不能把生活过得太严肃了，有时也得有兴趣，而且趣味也不妨稍低，要不就太无聊了。就像调侃似的，得点闲空就去搬砖运瓦，有那工夫看点小说，不倒能较快活吗？"

何小波道："四妹说的也有道理，一般人总是喊高级趣味，可是他心里时时地追求着低级的趣味，倒不如四妹痛快呢。"

王季云道："何先生知道我的。"说着，便拿了书，到她自己屋里去了。

一会儿吃饭，何小波也不便再走，便和她们在一起吃饭。吃完了饭，王季云到她屋里去看小说，何小波仍旧和王淑云谈天。两个人挨靠着坐在沙发上，谈着甜蜜的话，一直谈到深夜。何小波还以为不算太晚，等他一看钟，方知道已经到了十二点了。他们谈着情话，一点也不觉得时候过得这么长，他们还嫌时间太短呢。

何小波简直不愿意走了，可是他想到自己的母亲还在等着自己，不由说道："我该走了。"

王淑云却倚在他的怀里道："你倒是老不忘你的家。"

何小波道："你也该歇着了。"

王淑云道："我总得两点钟才睡呢。"

何小波真想陪她到两点钟再走，可是他又怕母亲等着着急，两种心理一争斗，到底爱的力量胜利，爱的愉快，当面可是得到呀，他遂又陪她坐着。

王淑云握着他的手说道："我看你的掌纹，就知道你是富于感情还是富于理智。"

何小波道："你怎么看呢？"

王淑云道："你看，你的手掌里有一道纹，这是感情纹。这个纹若是不破碎，便是富于感情的。"

何小波道："那么我是富于感情的了。"

王淑云道："对啦。"

何小波道："那么你呢，我看看。"

王淑云把手递给他道："我也富于感情的。"

何小波道："这靠得住吗？"

王淑云道："怎么靠不住？"

何小波道："你怎么又迷信这个起来，你是从哪里学的？"

王淑云道："在学校时，同学们互相传说的。我还有一个法子，我能知道你将来有几个太太。"

何小波道："怎么知道呢?"

王淑云道："你把手腕子稍弯曲些。"

何小波便把腕子往里一曲，王淑云一看，说道："你只有一个太太。"

何小波道："怎么见得呢?"

王淑云道："若是腕子底下有一道纹，就是一个太太；两道纹的，是两个太太；三道纹的，是三个太太。"

何小波笑道："这更不可靠了。女的呢，也是一道纹，嫁一丈夫吗?"

王淑云道："女人不算。"

何小波道："男女都是一样。"

王淑云道："不一样。"

要知何小波看了她的腕底的纹没有，请看下章。

第三章　要　变

何小波握着王淑云的手，要看她腕的纹，王淑云不叫他看。其实他并不是为看纹道，而是为多握一会儿手就是了，根本他也不信这种的。王淑云本来也不信，可是她分什么做，比方批命、算卦、相面这些事，如果说她不好的地方，她就不信，如果说她好的地方，她就信起来。人家相面说她明年的运年不好，她说："这种卦，根本不可靠。"可是说她后年必要发达，她就对人说："后年我就好了，相面说的呀。"有时她也算卦，拿着皇历的金钱课来算。若是算得不好，她就说："这一点也不灵。"如果这卦不错，她就欢喜起来。她对于什么都不彻底，她的腕纹是两道儿，这于她是有利的，于是她便非常相信。何小波根本不信这个，即或你有三道纹，他也一笑置之。他握了王淑云半天的手，他不管你有几道纹，我先握一会儿手比什么都愉快。

他光顾了愉快，钟已经敲了一点。他这才着急，说道："我该走了，这时候雇车都不好雇了。"

王淑云道："你不用走了，这客厅那里头不是有个床吗，本为客人住的。"

何小波道："我真舍不得你，我愿意和你依靠一夜。可是在家里

57

没留下话，我的母亲还在等着我。"说着，便抱了王淑云接了个吻，他看着她那惺忪的态度，不由神驰，接连又吻了几回。王淑云也紧紧地抱着他，使他真的不愿意分离呀。何小波没有办法，使劲吻了一个长吻，这个吻足有五分钟，终于他不能不离开她。人到夜里是不由自己的。他别了她，她送他到门口，又在门口吻了无数次，何小波这才拽着心里长线，一步一步地往回走。王淑云也感到空虚地回到自己屋里，记她的甜蜜的日记去了。

何小波走在黑暗的胡同里，又黑又冷，没有一个行人，车更遇不到了。他想着母亲等着自己着急，他的脚步加快，越走越觉得道路越远。出了胡同口，走在大街上，遇见一辆洋车，他一叫，那车夫说："收车啦。"他又走，又遇见一辆，他试着叫了一声，谁知一讲价，车夫要两块钱，何小波赌气地走下来。回到家里，已经深夜两点了，而母亲还在等着他呢。

何老太太在家里等着儿子回来，一直到两点钟。她都困得睁不开眼了，可是她怕睡着了，儿子回来，没人给开门。好容易听见门外叫门，她知道儿子回来了，立刻出来给他开门。何小波见母亲这样等着，心里非常不好过。

进到屋里，何老太太道："我等你这半天，火快要灭了。我不知道你什么时候才回，我又添了好几回，坐了四五壶开水了。"

何小波十分不好意思道："我到王家去了，他们不叫我走。他们还直叫我住下呢。我没有住，赶紧回来。"

何老太太道："住也没关系，就是以后先告诉我一声就好了，省得我给你等门。"

何小波答应着，何老太太又问道："你喝水不喝呀？"

何小波道："我不喝了，您别张罗我了，您睡您的去吧，我洗洗脸就睡了。"

何老太太道："两壶水都是开的。"说着便睡去了。

何小波洗了洗脸，也躺在床上睡着，躺在床上想着和王淑云的情爱，又想到母亲的母爱，他感到两种感情的交争，使得他心绪乱起来。母亲是这样年老，应该娶一个旧式女人，来扶持母亲，可以使自己在外安心做事。可是为了母亲，自己的精神安慰便没有了。为了自己的精神安慰，而母亲又没人扶持，反而倒叫母亲扶持自己的太太，这不像话。虽然现在这年头有的是，可是自己不能这样做，母亲的恩比爱人的爱要高出若干倍，能够两全固然更好，不可能的话，只有放弃了爱而全孝。不过摩登也不就是"不要妈"的解释，真正摩登，真正贤惠，她也会孝顺母亲的。王淑云是不是能够扶持自己的母亲，这是一个问题。她虽然很明白，说的也头头是道，但是她能不能真的去做，这也是个疑问。明天有了工夫，慢慢试探她。假如她有不能扶持母亲的意思，自己马上退步，省得将来苦恼。

想了半夜，第二天醒来，已经不早。母亲都烧好了火，拾掇完了屋子，坐好了热水。把何小波叫起来，洗了脸，带着烧饼，赶紧上班去了。到了班上，人家早都来到，本局课长还没有来呢。

王仲云也来了，见了何小波问道："昨天你什么时候走的，我一点儿也不知道，我今天早晨才听说你昨天去了，而且走得很晚。"

何小波道："可不是，我到家里两点多了。"

王仲云道："昨天我睡的这香就别提了，一直睡到天亮。"

何小波道："我快天亮才睡，这时还困着。"

王仲云道："今天晚上去吗?"

何小波道："不去了，今天睡觉，明天再去吧。"到了晚上下班，他就跑回家去，吃完了饭，便睡着了。

第二天下班，王仲云便拉他到家里去。何小波道："你先回去，我吃完饭就去。"

王仲云道："何必回家吃饭，到我家去吃不一样吗？"

何小波道："我家里没留下话，回家就是为留下一句话。"

王仲云道："那么我等着你去。"

下班后，王仲云先走了。何小波回到家里，吃完晚饭，他告诉母亲说上王家去，大概回来晚一点儿，说完，他便走了。

到了王淑云家，刚坐下一会儿，王仲云接到电话，被人家接走了。何小波说："你去你的，别耽误正事。"

王仲云走了，老太太和二嫂各回各屋去休息。王季云为给他们方便起见，她也躲开去看小说去了，这里只剩下何小波和王淑云。何小波便想到孝与爱的问题，但他还不好意思直接说，他要想法子渐渐提这个话。

王淑云说："那天晚上，你回家雇上车了吗？"

何小波道："没有，回到家里都两点了。"

王淑云道："老太太等门了吗？"

何小波道："等着呢，我实在难过，叫母亲等了我那么久。"

王淑云一听，没有言语。何小波又道："将来……"

王淑云道："将来怎么着？"

何小波道："我想有一个人能够主持家里的事，省得母亲操劳，这才满意。"

王淑云道："你是不是想娶个太太主持家里的事，像个老妈子似的，老太太也省心，你就可以安慰，是不是？"

何小波道："什么是老妈子似的？若是夫妇两个人共同生活，一个主内，一个主外，这是当然的事。假如太太都叫老妈子，那么丈

60

夫不也成了打杂的跑外的了吗？女人不是奴隶，男人也不是奴隶。如果叫男人在外挣钱，又回来伺候太太，这位太太也不大好意思吧？"

王淑云道："女人当然也有女人的事业。凭什么男人在外边散荡，把女人关在家里呢？"

何小波道："这不算关在家里，女人做家里的事，和做社会的事是一个样的。"

王淑云道："到底不一样，给社会上做事，是给大众服务；给家庭做事，是给一个人服务。女人应当给大众服务，不应给一个人服务。"

何小波道："可是把家里的事做好，男人安心服务于外，增加他服务的效率，也是等于间接地服务大家呀！"这两个人简直抬起杠来。其实何小波并不愿和她抬杠，不过他为表明自己的意思，不能不说。

王淑云见他今天这样和自己争辩，不免有点生气，所以她越要辩论到底。她并不是拿思想征服他，她是想拿精神来使他降服，假如他再争辩，这无疑是反抗自己呀。所以她即或知道自己没理，但也要坚持到底，她不能屈服于他。于是说道："那不成，我就愿意直接服务大众，而不愿意间接服务大众，所谓间接只是欺骗的话。"

何小波道："不然，比方大总统的私人女秘书，好像是服务于一个人，而其实她的责任，是多么重大呢。"

王淑云道："那么你就娶这么一个太太好了，又能做你的私人秘书，又能做家庭主妇，又能做孝顺儿媳，又能做贤妻良母，又能做老妈子，又能做……"

何小波道："得啦得啦，这也招你一大套。"他觉得王淑云有点强词夺理，然而强词夺理也不使自己难过，最难过的是自己的理想，完全粉碎了。让她来扶持自己的母亲，那是不可能吧。她俩不能孝顺自己的母亲，那么她对于自己的爱情就靠不住了。若是真正的爱，那么爱人的一切所有，自己也都加以爱护，这才是真正的爱。如果光爱一个人，而这一个人所有的都不加以爱惜，那么这种爱的价值便降低了。爱贵是能爱屋及乌。

何小波以为王淑云爱自己，完全是自私，光为了得安慰。他一生气，说道："爱情的力量，大于无限，不能以一点恩怨来限制自己。"

王淑云道："那么女人专心做奴隶，就是爱情吗？"

何小波道："可不是？"

他这是一种气话，谁想到王淑云一听，也生了气，她道："那么你赶快回家吧，省得叫你母亲等着你。"

何小波一听她竟说出这样的话来，真是无情到极点，不由站了起来，说道："再见。"穿了大衣便走了。

王淑云没想到他竟这样坚决，她以为他不会走的。何小波以为王淑云一见自己走，一定要阻拦，可是她竟没有拦阻，他竟一直走了出来。王淑云也没有送，何小波走出门来，回头望望，门洞里漆黑，没有一个人出来，他不禁难过，颓然走回家去。

何老太太见儿子回来这么早，便问道："你不是说今天回来得晚吗？我添的煤很多。"

何小波道："添就添吧。"他进到屋里，便躺在床上。何老太太一看儿子的神气，知道一定受了人家的欺侮，可是又不好问。

何小波躺在床上，越想越恨，不想又不成。他又爬起来，伏在桌上给王淑云写信。这话是写不完了，快写了二十篇。把他们以往

62

的事，一件一件地都加以回忆。后来一看，既然绝交，何必还提这些事、费这些话做什么？他又全撕了，又另拿一张纸，只写了几句："因为我们的环境相差悬殊，为免除以后的苦恼，愿把我们的爱情终止。"写完了，封好。何老太太见儿子在桌上写信，写了撕，撕了写，知道他的心里一定不好受，想安慰他，又无从说起。

这时王淑云呢？自从何小波决然走后，心里也自想过，她本来是爱他，为了抬两句杠，他竟走了，她又生气。在客厅里坐了一会儿，觉得心里十分别扭，想法解散又解散不了，她无聊地走回自己的屋。

王季云一看姐姐，不由很纳闷，便问道："何先生呢？"

王淑云道："走啦！"

王季云道："怎么走了？"王季云一听他走了，这话里有原因，大概是他们闹了什么意见，她也不好问。

一会儿，王仲云回来了，进门便问："小波，咱们打牌呀。"说着，便往客厅里走。开门一看，一个人没有了，说道："你瞧，叫他等我，他还不等。"

说着回到自己屋里，跟太太说："小波呢？"

二嫂道："我不知道呀，不是在客厅和三妹说话吗？"

王仲云道："没人。"

二嫂道："大概是走了。"

王仲云道："我到三妹屋里看看去。"他来到王淑云的屋里，见她正躺在沙发上。

王仲云道："小波呢？"

王淑云道："走啦。"

王仲云道："你瞧，他答应等着我，怎么又走了？你没拦他吗？"

63

王淑云道："我那么高兴拦他！"

王仲云一听，不由一怔，看了看王季云，王季云道："我也不知道。"王仲云见王淑云也不说什么，也不好再问。

他回到自己屋里，跟太太说道："大概三妹又跟小波闹了脾气。"说着，便把王淑云的情形一说。

二嫂道："我一点儿不知道，方才他们还在客厅里谈得起劲，怎么这么一会儿就散了？也许抬了几句杠。"

王仲云道："小波是不好抬杠的，尤其对于三妹，他绝不会抬杠。"

二嫂道："明天你上班一问就知道了。"王仲云答应着。

第二天一清早，他就到班上去。何小波又来晚了，而且又像一夜没有睡觉的样子，脸色也不好，眼睛也成了深沟似的。

王仲云道："小波，昨天我回去你怎么走了？昨天我还为你特别早回去。"

何小波道："我怕母亲等门，太晚了不合适，所以早一点儿回去了。"

王仲云道："你瞧，今天去呀，咱们得玩玩。"

何小波道："不成，以后天长时候再谈吧。大冬天的，叫我母亲等门，不大好。"

王仲云道："偶尔一次也没什么。"

何小波道："将来再谈吧。"

王仲云道："我想你一定有缘故，不一定专是为老太太等门。你告诉我，你是不是同淑云又闹了什么意见？"

何小波道："没有意见，我根本是个无成见的人。"

王仲云道："那你干什么不去了呢？"

何小波道："我也想用用功了。老这么贪玩，实在把光阴都耗过去了。"

王仲云道："你不必说这话，我问你，你是不是和淑云闹出意见，你告诉我也没有关系，我也知道你们因为什么呀。"

何小波停了半天，说道："你还是问淑云去吧，我没有什么意见。"

王仲云道："她我当然要问，可是你这里，我也得明白才好。"

何小波道："我们的情形你总知道的，那么我们不调谐的原因，你也可以推测出来。"

王仲云道："你们的情形，我是深知的。不过我想你们是互相谅解的，她不会因为你们环境不同，而对你歧视吧？"

何小波道："不过我为了她的幸福前途去想，我觉得还是维持友谊的好。"

王仲云不明白他们吵嘴的真相，也不便插嘴，便道："她的脾气你还不知道吗？说过去就完，你别听她那一套。"

何小波道："她脾气没有什么，我比她大，我总能容让着，这回完全是我替她设想。这里有一封信，我还没有发，如果你愿意带去，你就给她带去吧！"

王仲云道："好，先给我吧。里面写着什么，可以告诉我吗？"

何小波道："就跟我说的一个样。"

王仲云道："其实你应当去和她说，不比写信强吗？"

何小波道："你先把信交给她吧。"

王仲云只得把信收起。下班回到家里，王淑云以为他一定把何小波拉了来，谁知并没有来，她失望了。王仲云回来，也没有说什么。王淑云放心不下，她真的怕何小波不爱了她，她现在就是何小波这么一个朋友。

吃晚饭的时候，王淑云也吃不下去，老太太说道："你这孩子白天吃了什么？晚饭吃这么一点儿。"

王淑云道："我一点儿也不饿了。"

王老太太道："我看得吃点药了，大概有了火。"

王仲云知道她的心事，也不言语。吃过晚饭，他把王淑云叫到客厅里，说道："三妹，我有几句话说。"

王淑云知道必是何小波的事，便跟了他到客厅来。王仲云道："你跟何小波怎么回事？又闹了什么意见？"

王淑云道："你问他去呀，我不知道。"

王仲云道："我问他了，他没有说什么，只叫我给你带一封信来。"

王淑云道："哪儿呢？给我。"

王仲云道："你先告诉我究竟因为什么？"

王淑云道："他犯神经病了，把信拿来我看！"王仲云遂把信拿出来，交给王淑云。

王淑云拆开一看，不由颤抖起来，把信使劲一撕，蹲在地上，说不出是委屈或悲怒。她哭道："这是你的好朋友，他就这样欺侮我？"

王仲云连忙把信拾起，他怕信里写着什么话。拿起来放在桌上，挨到一块儿，再一念，和何小波说的一样，只是为王淑云的幸福打算，而没有一句欺侮的话。他道："小波的信里，没有写什么呀？"

王淑云大声道："爱也是他，不爱也是他。随便扔来扔去，那真把人当作玩物了。我活这么大没有受过这样的侮辱，连爹妈也没有这样侮辱过我。"

王仲云一听，怔了，也觉得她的理由非常充足，而何小波未免太多事似的。

王淑云这么一哭，老太太都听见了，全走过来了。老太太问道："怎么回事呀？二的又欺负你妹妹？"

王仲云慌了，连忙哄王淑云道："三妹，你别这样，回头叫母亲着急。"王淑云越觉得自己委屈，索性哭了起来。

这时王老太太和二嫂、四妹全走进来了。王淑云伏在桌上哭，王老太太问道："怎么啦？"

王仲云道："说话呢，没怎么样。"

王季云道："我三姐大概跟何先生闹别扭了。"

王老太太一听，知道三女儿跟何小波闹别扭，仲云跑回家来质问她，招得她哭了。王仲云道："我没说她，我是劝她呢。我还不知道她们是因为什么。"

王老太太对何小波虽然印象不错，但是女儿到底是母亲的，她祖护王淑云。她对于他们的婚姻向来抱着不干涉主义。因为何小波那人不错，女儿嫁给他，不会受委屈，可是不嫁给他，也不反对。因为何小波家境太窘，虽然他本事好，能挣钱，不至于挨饿，但也不会发意外之财，只能保持不挨饿而已。他就是事由怎么好，挣钱怎么多，也是那点儿薪水，他是靠本当挣钱用，便没有意外大富贵，女儿跟着也不会享受多大幸福。固然，这年月能保持永远不挨饿就算不容易，可是若能享受更好一点儿的生活，为什么不去追求好点儿的呢？人不会知足，因为达不到更高的目的，只好落个知足吧。

王老太太对于王淑云便是这种心理，若是她能嫁个更好的男人，当然更好，若是她实在喜欢何小波，那么就何小波也成了。王老太太抱的是个人主义，她没有大众，她没有国家，只要子女都舒服，于愿已足。至于子女为大众为国家为社会而吃苦，她是反对的。

她对于王淑云和何小波间的冲突，她不管曲直，而一味听王淑云的。她问王淑云道："究竟是怎么回事？"

王淑云道："您就不用管了，没事。"

王仲云道："她也不知怎么跟何小波闹了意见，何小波叫我给她一封信，她说小波欺侮她了。可是我看看信，人家也没有说什么。"

王老太太道："拿来我看看。"王老太太一看那信，见上面并没说什么。

王淑云道："我不能叫人家耍我，说怎么着就怎么着。"

王仲云道："不管他是不是耍你，你总有个态度对他，这信你是答复他不答复他呢？"

王淑云道："根本没有答复的必要。"

王仲云道："他对你的观念是什么？"

王淑云道："你问他去好了。"

王老太太道："都是大孩子，说翻就翻，说好就好。过两天就好了。"

王仲云道："妈先休息去吧。"他还想继续和王淑云谈这问题，把这事解决了，明天见着何小波，也好有的说呀。

王老太太也感到儿女们的私事，不愿当着老人面前说。她只得躲开他们。她说："别瞎闹什么意见了，愿意好就别闹意见，要不好就冷几天。"说着，回到自己屋里去了。二嫂也搭不上话，也就躲开了。

王季云本来对何小波印象好的，可是姐姐一委屈，她便把同情心放在姐姐身上了。她道："何先生也不好，这些日子，还不了解我姐姐吗？"

王仲云也觉得何小波误解了王淑云，他以为他妹妹这样明白，无论如何，也不能负了她呀。他道："三妹，你也别伤心了，我想何小波对你总是没有恶意。即或是误解，但是只要一解释，他自然就谅解了。"

王淑云一听，觉得自己越发委屈了，真以为自己理直，被何小波委屈了。

王仲云道："三妹，明天我一定叫何小波来向你道歉，你不必伤心了。叫妈见了，反倒着急。"王季云也直劝。

第二天，王仲云上班，见了何小波，便拉他到边上对他说道："你们到底怎么就闹了意见？"

何小波仍不愿意说，他道："已经过去的事了，不必提了。"

王仲云道："昨天我把信交给淑云，她直哭，她说你误解她了。我想你虽然不致误解她，但至少不大了解她吧？"

何小波一听这话，遂把那天谈话的经过一说，他还说："你是知道我的情形的。你想我这样的家境，我的母亲又上了年纪，我能够把母亲抛弃不管，来讲爱情吗？我为了我的环境设想，我为了淑云前途设想，我们只有把爱情收起，应当免去将来的苦恼。"

王仲云一听，才明白他们吵嘴的真相。他觉得何小波这种心理是可原谅的，倒是王淑云的不对了，于是他又把同情心给了何小波，他也觉得他们暂时冷一冷也好。

下班回了家，王淑云还以为他一定把何小波带来向自己道歉，然后再重归于好。谁知她一看，只有王仲云一个人回家来了，她不由有点儿失望。她又以为王仲云一定向她安慰，说何小波没有来的缘故，叫她别生气，谁知王仲云却一字未提。她很纳闷，因而她想到何小波一定向他说了什么，他大概坚决表示不爱自己了。想到这里，又不高兴起来，可是她又不好问。

倒是王季云沉不住气，问道："二哥，你不是要把何小波带来，向我三姐道歉吗？他怎么不来呢？"

王仲云道："既然三妹不喜欢他，就是道歉不也没用吗？我看就此下去也倒不错。"

王季云道："那么何小波就这样白欺负我姐姐了吗？"

王仲云道："这怎么叫欺负？这是他们两个人的意见不同，那有什么办法？"

王季云道："怎么会意见不同呢？"

王仲云道："当然，何小波的环境和三妹的环境相差过远，如果叫三妹牺牲自己的环境，而迁就小波的环境，你想能够成吗？"

王季云道："这有什么不成呢？三姐正是这个主张。他为什么这样看不起三姐姐，怎么能断定三姐不能牺牲呢，他太看不起人了。"

王淑云一听，有给自己出气的，于是自己又得了理。她道："这不是他侮辱我吗？他把我看成嫌贫爱富的女人，他就是侮辱我。"

王仲云一听，这就好办了，到底女人容易露出心事，这叫不打自招。正希望她说这话，然后再抓住这话来砸她，把她砸得结实，她就不好反悔了。以后如果有反悔时，便拿这个来质问她，叫她无话可辩。他道："我先声明，你们吵嘴的时候，我没在场，我也不知道谁说的是什么。你不能迁就他的环境，这话不是我说的，是何小波说的，而且小波是学你的话，你这时又不承认，那么你到底是怎么一个见解呢？"

王淑云道："他凭什么说我嫌贫爱富？"

王仲云道："他并没说你嫌贫爱富呀？"

王淑云道："他虽然没这样说，可是他的意思是这个意思。"

王仲云道："不会，他如果有这个意思，我非得质问他不可。他向来很尊重你的，他没有一点轻视你的意思。这回如果不是你先对他有所表示，他不会退步。"

王淑云道："胡说，我对他有什么表示？他根本没有征求过我的意见，他怎么能看见我的表示呢？"

王仲云道："得啦，我明白了，这回的事确是你们误会了，你既然不是不能迁就他的环境，这就一点问题都没有了。我相信你们的意见是一致的。不过这事必须有一个转圜的台阶，不然总是这样的下去也不好。"

王季云道："二哥不会把何先生约来，就得了吗?"

王仲云道："那不成，不是我一个人的话，况且他也有他的自尊心，他从咱家负气走的，到时候自己又来，搁着谁也办不到。"

王季云道："那么还得三姐请他去不可?"

王仲云道："也不必去请他，只写个信就成。"

王淑云道："我凭什么给他写信?"

王仲云道："你看，这还是你的自私。难道人家给你写信，你就应当撕了吗？不理人家吗？这回你写信算是回答他，不算你给他写呀。你回答他再顺便表明你的意见，即或责备他对你的误解，也未为不可呀！"

王季云道："对啦，二哥这话有理。"

王淑云道："好吧，我给他写封信，明天你给他带去。可是他再不来，那就是他的小气了，我也从此不理他。"

王仲云道："只要你给他一封信，我一定把他拉来。"王淑云遂回到屋里去写信。

她写道：小波，前天你从我家里负气而出，一时净顾了你的快意，把悲哀、愤惋都留下给我。你不管我是如何的寂寞，你不管我是如何的难堪，你是多么自私呀！我怔怔地坐在沙发上，我看见了，我看见路灯照着你微笑的脸，你得意地吹着口哨，你想一个可怜的女人被我报复了。小波，你是这样残酷，我知道你是不爱我的，你纯粹敷衍我，就如同敷衍我二哥一个样。你不肯说你不爱我了，因为可怜的我已经把一颗赤裸裸的心给了你。你故意激起我的愤怒，然后弃我而去，好像鼓动临别的犯人，叫他变成凶横而杀之后快。这种残忍的心理，会出于温厚的小波之身，叫我是怎样的失望呢？你的来信，仍旧把罪名放在我身上，你却当个慈善的名，你这简直是毁我的一切，还要说替我前途幸福设想，你太自私了。你把一个弱女子玩得如同泥具一样，你用箭射着我，我的自尊心没了。我现在没有什么可说，我的心已完全破碎，如果你还肯照顾我的尚能活动的"牺牲"，就请你仍旧来吧，否则，我也没有力量挽回一个铁石心肠的人。

一边写着一边觉得自己实在委屈，她自己都要落了泪。女人都是这样，在她失意的时候，她不再思考破裂的原因，而光想着自己的委屈。就如同用刀扎伤了自己的手，自己哭起来，见了大人，光是拼命地哭，好像是向大人报复疼，她完全忘了是自己用刀子扎伤了的。王淑云写完了，封了起来，交给王仲云。

王仲云第二天上班，便把信交给何小波。何小波一看，果然动容了，他想自己实在不该负气而出，给她那样的难堪，自己真是该死。

王仲云看着他的精神，知道他又活动了，遂道："我母亲说你们简直是小孩子，因为一两句话，就闹脾气。"

何小波不由笑了，他道："我还得写封信，你给带去。"

王仲云道："你就去得了，还写什么信，真可笑，简直成闹小孩气了，她的信说什么？"

何小波道："她叫我去。"

王仲云道："她叫你去，你还不去吗？"何小波遂答应去了。

到了下班，王仲云便拉何小波一同到他家。何小波来到王仲云家里，见了王淑云，他们谁也没有说什么，表情还像以前那样，而内心的杂乱，却时时从他们的脸上显现出来，他们说不出来是一种什么滋味。闹了一回意见，反而觉得这滋味又浓厚了似的。他们都来到客厅，刚说了几句话，外边门铃响，他们都猜不到是谁。

一会儿，吴妈拿进一封信来，王淑云接过一看，忙道："父亲来的回信。"

吴妈去请老太太，王淑云拆开看了，王仲云和王季云都看了。老太太走过来，何小波连忙行礼。王老太太道："你好，你怎么这两天没有来？"

何小波结结巴巴地道："对啦，忙一点儿。"

王季云道："哪儿呀，他跟我三姐打架了。"

王老太太道："怎么，好好的怎么又打架了呢？"老太太是明知故问。

王淑云忙道："妈，我爸爸来信了，说阴历年底能够回来一趟。"

王老太太道："是吗，我看看。"王淑云把信送给老太太，老太太便坐在沙发上看起来，遂把这个茬儿揭过去了。

王仲云和王淑云都看了王季云一眼，这时，电铃又响了。王仲云道："罗表妹来了。"

二嫂道："你怎么知道？"

73

王仲云道："她按铃的轻重，我一听就能听出来。"

二嫂在旁边哼了一声道："你的耳朵真好。"

王仲云笑道："真的，她按铃声是两下，头一下轻短，第二下长。"正说着，果然院里吴妈道："罗小姐来了。"王仲云道："你看是不是？"

罗表妹走进来道："什么是不是？"说着，给老太太行礼，并道，"我妈叫我先来看您，问您累着没有，累着我仲云表哥没有，累着我二表嫂没有。"

王老太太道："你妈真周到，坐下。"

罗表妹脱了大衣，吴妈倒过茶来，王老太太道："你妈这几天还那么不痛快呀？你跟你妈说，别叫她那么想不开。"

罗小姐道："我母亲心疼的是刚刚供给大学毕了业，眼看着要挣钱了，人完啦。"

王老太太道："哎，生有处死有地，这也没法子的事。"

王仲云道："什么？这都是张女士害的。若不是张女士另爱了别人，把他甩了，他能死了吗？"

王老太太道："一说我不赞成自由结婚，你们老说我腐朽，要是老家儿做主，何至于闹得这样？"

王淑云道："那也不一定，老家儿主持，倒许更惨，这是怨张女士，根本知识不够。"

王老太太道："听说张女士不也是大学生吗？"

罗小姐道："这真是说不来的奇怪。她平时很明白的，可是也不怎么就会转变了。我还告诉你们一个消息，这张女士已经和那个局长同居了，这时张女士后悔了。原来张女士要求和那局长正式结婚，那局长只是支吾，说夫妇感情好，不在乎那种形式，张女士这时感到快要受骗了。"

王淑云道："干什么要受骗，简直是受骗了。可惜还是大学生，就那么糊涂，嫁给罗表哥，是多么幸福，非要嫁局长不可。女人的虚荣心，真是最容易上男人的当的。"

何小波见她这种说法，心里十分安慰，觉得她不会像张女士那样糊涂。罗小姐又道："那张女士的结果，虽然不能预料，但是我们相信是不会好的。"

王老太太道："你们今天够手了，打牌吧。"

王仲云一听，立刻张罗搬桌，并且叫二嫂拿牌来。二嫂道："今天没有你，有老太太、罗表妹、何先生，再有三妹，不要你。"

王仲云道："我看歪脖子胡。"

王老太太道："我不打，你打吧。"

王季云道："叫二嫂打吧。"

王仲云道："那她又乐了，就盼这句话呢。"

二嫂道："哼，我不像你。"

说着，牌桌支了，这里王淑云搭好布，二嫂把牌拿来，铺好了圈。王仲云道："妈，您先打您的，打到这儿看，就叫她接着打。"

王老太太道："也好着嘞。"

二嫂道："就叫妈一直打得了。"王仲云的意思是老太太玩一把，然后叫三妹上。

何小波道："我就头打一把手，三妹先打，然后我接着。"

王淑云道："你先打吧，回头我再接你。"他们便打起来。

头四圈儿完，老太太回到屋里去了。于是由二嫂接打。何小波

75

便让王淑云。王淑云道："那不好，四个人倒有我们家三口，那还打得什么意思？"

二嫂道："仲云，你不会起来叫三妹打打。"

王仲云这时无法，只得起来，站在罗表妹的身后看歪脖子胡。二嫂一会儿叫倒茶，一会儿叫他拿烖卷，反正老没叫他安坐。八圈打完，何小波输了两块钱，他的身上就带三块多钱，假如要多输两块，自己真拿不出来呢。

王仲云还要打，何小波道："不早了，都十一点钟了，我得回去了，因为家里没留下话。"大家也都知道他的情形，所以也不拦阻。

罗小姐也要走，王淑云要留她住下，王仲云也希望她不走。罗小姐说："我家里的事还没了完，光剩下我母亲一个人不成。"

二嫂道："表妹的话也对，早点回去也好，省得家里不放心。"各人有各人的心思。

王仲云道："天都这么晚了，雇车也没有，走在半路好危险，要不然我送去吧。"

二嫂道："何先生不是一道吗？给表妹送到家，也远不了多少。"

王仲云道："那还叫小波跑一趟。"

何小波道："我倒是跑不了多少道，顺路，正可以走罗小姐门口。"

王淑云道："不用，你还是走你的吧，你送回去更晚了，还是叫二哥送去吧。送出胡同口，有车就叫一辆车。"

二嫂道："那多麻烦。"

罗表妹道："谁也不用送，我一个人走可以的。"

何小波道："还是我送去吧，顺路。"

王仲云道："咱们一块儿，我去穿大衣去。"

二嫂看这样，真有点不高兴，可是当着罗表妹，也没有办法，只有等王仲云回来的时候，再和他算账。王仲云不管回头挨什么说，反正这时候他要送，他们一齐走出来。

要知后事如何，且看下章分解。

第四章　堕　落

话说王仲云、何小波同罗小姐走出来，走了没有多远，就遇见一辆车，罗小姐便雇了，坐上回家去了。王仲云只得和何小波分别，回家去了。何小波也就回到自己家里。何老太太见何小波又一改变这两天的不高兴，而变为欢喜的神气，料到是为了王淑云的缘故。她想借这机会向儿子劝告几句，又怕儿子不高兴，只盼他老这么高兴心里也就安慰。

过了两天，王淑云忽然来到他家，何小波当然高兴得不得了，而何老太太竟以为来了贵客似的，很小心地伺候着，给她沏好茶叶，给她买糖果，给她做菜留她吃饭，把王淑云服侍得舒舒服服。她完全是为了儿子，她给儿子维持一个好媳妇，一来儿子喜欢，二来也为了结自己一个心愿。不过她总提心吊胆，生怕一个服侍不好，得罪了王淑云，却叫自己儿子难过。

王淑云今天非常快活，她觉得来到何小波家里，并没有一点不舒服的感觉，嫁给何小波也不算没有幸福呀！她净顾了舒服，可是她没有想到何老太太是如何地服侍她。将来过了门还叫老太太服侍她，那未免太不像话了。可是他们都没想到这层，所以还都感到融洽。从今起，王淑云时常到何家来，而且有时还住在何小波的家里，他们的精神已经是夫妇了，不过没有实行夫妻生活而已。

又过了好些天，他们的感情越发浓密了，他们也曾谈到婚后问题。王淑云主张何小波先储蓄些钱，不一定在结婚的时候用，而是为婚后生活不致发生困难。婚礼在这年月，也不必铺张，也没人笑话，所顾虑的是婚后生活。家里又添了一个人，何小波一个人是否担负得了，如若结婚之后又终日忧虑生活，那还不如先不结婚的好。何小波觉得她这话很有道理，不过他现在储蓄，是非常困难的事，挣这点儿薪水，也就将将够维持生活的。即或节省用度，一个月也省不下几十块钱。而这几十块钱在这年月，当得了什么呢？他们时常讨论这件事，就拿这件事当作谈料，哪一回也没谈出个结果来。

不过他们要结婚，谁都晓得的，并且大家也会给他们参加意见。告诉他们结婚时，不必请客，也不必预备酒席，茶点恭候是很普通的。至于婚后，王淑云也可以做事去，两个人收入，当然过得舒服的日子了。王淑云这时静极思动，真的想做个事去。她说："我若能做事，现在也可以储蓄几个钱，将来也帮助小波多增一笔收入，是不是好？"她想到自己一做事，总比在家里伺候老太太强。自己有了收入，就可以雇个老妈子，那生活就更舒服多了。

于是她趁她父亲回家之际，要她父亲给她找个事做。她父亲见她愿意做事，便给朋友写了一封信，把她推荐到一个机关里去做事。一来仗着她父亲的人情，二来仗着她漂亮能干，便得到一个很好的位置。虽然她不和王仲云、何小波在一个机关，但是下班后回家和他们在一起谈，更觉有意思了。

她谈到她们机关里的事情，这个也瞧不起，那个也瞧不起，简直一个局子里，就是她一个人高了，别人都不成。大家还直劝她，初次在外做事，总要联合。虽然都不如自己，但也得敷衍，不可太傲慢了，这年头做事不能得罪人。王淑云也提到别人怎么不做事，也不会做事，她怎么能干，局长怎么器重她。大家又劝她，现在做事，把公事做好了，自己没什么利益，可是对人有损害的。自己倒是落了好了，可是别人岂不影响饭碗？总而言之，不可太认真，不可太傲慢。不得已的应酬，还是勉强去应酬。像什么聚餐啦，公议啦，都应当参加，不然叫人怀怨。

王淑云认为他们说的不对，为什么一个纯洁的青年，要和他们同流合污？现在应当以做事为前提，不能以人情做前提。何小波听了这话，又忧又喜，忧的是她这样得罪人，容易把事情闹散，喜的是她这样保持她的纯洁，实在可爱。

他们几个每天相见，互相谈着机关里的事情，非常好玩。王淑云又说他们办公室里，哪个男职员品行不端，哪个女职员浪漫，叫她批评得一文不值。同事里没有一个叫她看得上的，她提到女同事和男同事谈恋爱，朝三暮四，为人不齿，她几乎不愿意跟他们在一起办公，大有唯我独清之概。

日子久了，她的口气渐渐变了，不再说谁不好。在以前曾经骂过某男同事的品行不端，现在又改口吻而说某男同事不错了。又过了些日子，口气又变了，不再说谁好谁不好了，很少提到局子里的事，而且她每天回来得很晚了，她总说公事怎么忙。何小波同王仲云就纳闷，公事多么忙，也不会总晚下班。他们也是在机关里做事的人，他们明白办公室的情形，不管多忙，摇铃下班，马上都走出来，没有仍坐在那里办公的。差不多都在下班前十几分钟，就都收拾整齐，没有一直办到掌灯还不走的。听差的也不干哪，下班之后，人家也锁门休息去了，剩下你一个人办公，人家连晚饭都不能吃，没有这道理。

不过何小波总还相信她，知道她不会说谎话。有的时候，她回来晚了，而且在外边吃了饭。她不是说和同事聚餐，就是谁人请客，不得不去。何小波以为同事们老聚，她老有人请客，也许她们那一科与别的机关不同，也就不再表示什么。

　　过了些日子，王淑云便不常到何家去。何小波到她家去，她也想法支他，叫他少去，或是叫他到别的地方去。尤其是星期日，大家都休息，正该一块儿玩的时候，王淑云都不叫何小波同她玩。她想出一个方法来，仿佛是关切何小波的前途，她说："我希望你多看一看书，平常的时候，你没有工夫看，何不利用礼拜日这一天的工夫呢？我们的关系，还需要在礼拜日必要在一起吗？我牺牲你给我安慰，我叫你每个星期日下午，必须到图书馆去看一本书，第二天你来报告我。我实愿忍受这一天的寂寞，我愿意更完成了你的知识。其余的时间，你要么去写字画，或是找朋友，活动你那有关前途的事业。星期日我不准你来，你若来，我也不见你。"何小波一听，以为王淑云真的好意待自己，非常感谢她。其实他不知王淑云都在星期日和别人定约会，把这一整天的光阴，去安慰了别人。

　　日子久了，何小波渐渐觉得王淑云的态度不大对，而王淑云的胆子与羞耻，成了反比例了。胆子非常大，羞耻心非常小。后来居然把她的许多情人往家里叫，何小波见过了很多次，不但看着不像话，连王仲云、王季云都看着不合适，以为王淑云竟往堕落里去。可是王淑云却振振有词，她说在外做事，不能不联络。家里人都不敢管她，何小波劝她，她也不听。何小波十分难过，不过他还想多年的爱情培植，是不容易的，他不愿因王淑云一时的糊涂而影响了他的爱的前途。他忍耐了绝大的悲愤，希望她觉悟过来。但是王淑云因为过于放纵她的身心的享受，而得了心脏病。

因为她有了心脏病，成了不健全的体格，生理上有了变化，而养成不健全的精神，遂造出病态的心理。她的占有欲使得她梦想着世界上的美男子都叫她占有才好。她在她的日记里，有时竟不知耻而自以为坦白地记些和情人们的谈情说爱的事情。何小波向来不看她的日记，有一天偶尔看见她的日记，见她新记的简直太不像话了。他悲哀伤心，无以复加，他急得心碎了一样，再也整理不上了。

他想和王淑云断了爱情，然而一方面是舍不得她，另一方面也没有机会同她说。近来王淑云对何小波淡极了，她每日不在家，差不多每天半夜才回来，何小波每晚等她到很晚还是见不着面。这天，王淑云病了，何小波来看她，走进她的屋里，就有男人坐在她的床边，很亲密地慰抚她。他们见何小波进来，毫不介意地仍然继续他们的温存。何小波一见，是可忍，孰不可忍，他恨不能一脚把那男人踢出去。但是为了王淑云，为了自己的尊严，他忍住了，极力地忍住了。

不一会儿，大夫来了，诊了病，开了方子，那个男人把方子揣在怀里走了。何小波一看，这太叫自己难堪了，他要爆发起来。但终因王淑云正在病中，他忍住了。他无精打采地走回家里去，心里说不出的难过。

第二天一打听，那个男子名叫尤新礼，是一个被大学开除的学生。好唱戏，好要钱，在班里的位置还没有王淑云优，而且他也没有钱，长得还没有何小波够味儿，不知王淑云爱了他哪一点。何小波替她悲哀，而她还毫无觉悟地纵情玩乐。病还未完全复原，便去约会宴乐，她要把她自己做成个交际花地位。那天当着许多人，她说："西洋女人差不多都是一个丈夫，一个情夫。"其实西洋女人，也不是这样，而她竟然公开说了出来，她已经入于神经质的心理了。

情夫两个字，是多么刺耳的名词呀。何小波听了，如何能忍受呢？他想问淑云是不是把自己看成一个庸懦无知的丈夫了，而他当时又不能反说，只有忍受。

这天，趁着没有什么人，何小波实在忍不住了，便对王淑云婉言相劝，希望她维持自己一点尊严。王淑云不但不听，反而向何小波提出条件，她要把她的爱情，分给别人一些。

何小波如何肯答应，他苦笑道："我真没料想你会这样对我。"

王淑云道："我觉得我并没有辜负了你。如果你更希冀独占我的爱情，那你未免自私了，那么就请你忘了我吧！"

何小波听到她这种话，认为她简直昏蒙到极点了，这不是一个知识阶级的人所应说的话。他觉得她发生了反常的变化，她的身心都不健全了，他不能不离开她了。他一边叹着气，看着她那种自得的神态，落着泪，走了出来。从此，他不再见她了。

王淑云于是越发肆无忌惮，王老太太这时更管不了她了。以前王老太太和王季云还向着她说何小波不好，现在也全感到王淑云失去何小波之事算了。可是王淑云并不失望，她的位置反而倒更优越起来，因为她能够活动，局长科长家里，她时常去联络，什么饭局旅馆，她都去应酬。美其名曰联络，实际是往堕落途中走去。她更好虚荣了，她没有那么多收入，于是她便跟人家借钱，借钱的道路越多，朋友也越多。男人们借给她的钱，并不是希望她还，而是希望得着她一点儿什么。她就多方面这样应酬，可是日子久了，人家都不乐意了。这年头谁肯白花钱？有这些钱花在妓女身上，还能皮肉调剂一下。于是纷纷又向她索爱。不是爱钱，而是想要个真章儿。她以前以为这些男性都是傻瓜，像何小波那样的傻瓜。又给自己物质享受，又调剂自己精神寂寞。谁知大家都想独法，谁也不花这冤枉钱。这一来，她就感到应付非常困难了。

物质享受惯了，一时没有，就非常窘迫。怎么办呢？只有拿自己的色相，来换男人们的金钱。名是小姐，而其实和妓女差不多。她以为这是交际花的美点，而不知道是摩登女性的耻辱。终于她被男人们玩弄了，男人们如愿以偿后，方渐满足。她再想求男人们供给她的物质，可是男人们却都离开她了。男人是只要把女人弄到手里，便立刻放弃，再追求别的。

王淑云的地位、名誉、信用，一天比一天低，终于她没办法了，而嫁给了尤新礼。她以为只要尤新礼能够一心一意地对她好，她也可告慰一生了。谁知尤新礼得到她之后，便不再重视她，而又追求别的女人去。王淑云在极端失望之下，又想到何小波，不知何小波现在做着什么。最后，她和尤新礼离婚了，她又剩下一个人。在生活压迫下，她进到旅馆，做饭店小姐，卖肉生涯。有时她感到十分痛苦与羞耻，但也无法了。

有一天，在一个想不到的机会里，遇见了何小波。他们互相见了，都不觉一怔。可是何小波立刻低头走过，不再理她。

她叫道："小波，你竟不理我了吗？"

何小波站住了，说道："王小姐，我现在已经结婚了，我的太太等着我回家吃饭呢。"

王淑云一听，难过极了，她道："难道你对我竟没有一点爱情了吗？"

何小波道："有的，我仍旧爱你。你从前曾对我说，宁肯叫人家不爱，也不叫人家轻视。现在我可以告诉你，我是爱你的，再见吧!"说完扬长而去。

她呆住了，回到旅馆，越想越难过，最后她便自杀在旅馆里。

书说至此，便告结束。

云山雾沼

第一章　行者八戒沙僧再降世

话说公历一九四七年，地球上的人类大起争端，杀声不但震地，而且撼动天庭。玉皇大帝前已经有好多神仙上了奏本，第一个是土地爷，他说地上人间越来越凶，都跑到地里过生活去了，渐渐地把地都挖了窟窿，一百多尺深，挖成地道，在地底下跑车。山更不用说了，都凿成洞，甚至好好一座山，弄成两半，通起大河来。我土地爷简直管不了了，现在连妖精都跑得没地方躲了，人类简直闹得不像话。

土地爷奏完了，龙王爷也上奏折说，近来的人类可了不得，把妖怪生灵全都赶跑，这还不提，现在简直弄到神仙头上来了。我龙王招着谁了？他们竟找到我头上来，弄个大铁船，竟沉到海底，把我的龙宫都压塌了，水兵水族四散奔逃。我们先还以为是齐天大圣那猴子作怪，后来一看，敢则是人类。他们正在我的龙宫左右放了大铁爆竹，兵族碰了，立刻炸起来，震得我摇晃半天，三天不省人事。这我不能待了。

龙王爷奏完了，太白金星也奏本，说有一天忽听脚底下轰轰轰的，不知是什么，低头一看，原来是人类坐着铁鸟，在天上乱飞。有一次还差一点儿冲进南天门，可了不得，再不弹压他们，他们就要跑到天上来了。

太白金星奏完，各神仙都来奏禀，共有一千五百位神仙，都说人类猖獗，没法可管。玉皇大帝一听，紧皱龙眉，说道："从前孙行者大闹天宫一次，现在归了正修。地上又是谁来作怪，派谁去弹压好？"大家面面相觑，谁也不言语。

这时跳出一位神仙来，跪在阶前，说道："臣老孙愿往。"大家一听这不伦不类的口气，就知道是孙行者。

玉皇大帝道："你去不得，你好杀生，动起脾气来，把我臣民全都杀了，那不成。"

孙行者道："已成正果，绝不杀生。凭我老孙本事，把他们都弄服了。"

众神也说："只有他去得，地上九州他都走遍，去着合适。"

玉皇大帝道："那么还得有人同你。"

孙行者道："还叫我那二位师弟八戒和沙僧同我去吧。"

八戒在旁摇头道："师哥呀，我不去。"

行者道："你为什么不去？"

八戒道："他们好厉害，俺曾偷着下过一回尘世，他们把俺捆起来，放在铁笼里，把俺叫作佛化猪，天天拿手绢擦我的眼睛，擦得我现在还不好受。"

行者道："好呀，你私下尘世，该当何罪？趁早同我去，不然非治罪不可。"

八戒连忙跪倒，说道："俺去俺去。"

沙僧自然也无问题。众神见他们三个人下去人间，自然欢喜，如此天上还可以清静一时。

议毕之后，三人退出来，商议怎么降世管理民众。行者道："呆子，你曾经去过人间，现在人间都成了什么样子，大唐国还是那位皇帝吗？"

八戒道："不是不是，换了八百多个了，现在大唐国也不叫大唐国了。"

行者道："那么我们怎么找呢？"

八戒道："你们跟着俺走吧，走到了算。"

说着他们便驾云到下界来。行者站在云端，手搭凉棚往下一看，只见各处都起着战争，山野精灵都无处逃窜，那人死得太多了，尸体盈野，好一场大厮杀。行者看了为之色变，说道："哎呀，想我老孙当年大闹天宫，也没有死这些人哪。"各处狼烟滚滚，几乎没有一块干净土了，行者叹气道，"这真是劫难，真得救救他们。"

他们一边在云中走着，一边往下看着。天黑下来，地下模糊，看不甚清了。行者道："我们下去走吧。"

八戒道："下去别叫他们捉住。"

行者道："我们全变成人类模样，不是正好吗？"

他们正说着，只见由地上射出许多光来，真是霞光万道，好不耀眼。行者忙道："呆子，这是什么？"

八戒道："这是什么探照灯。"

行者道："怎么这么亮？"

话未说完，只听下面咚咚咚放开了炮，那炮弹就在身旁炸开了。行者道："哎呀不好，快走。"话未说完，一个高射弹在行者臂部炸开了。幸而行者是太上老君的炼丹炉里炼出的金身，没有炸碎，可是把行者炸了几个筋斗。

行者道："好厉害，快跑。"他一个筋斗折出百十里地去，八戒和沙和尚也都赶来了。

行者道："这是怎么一回事，他们怎么会知道我们，他们用的是什么法宝？"八戒道："我也不知道，我在大唐国还没看见过呢。"

他们正说着，只听老远嗡嗡地有一种声音来了，越来越近。行者手搭凉棚一看，有百十多只大雕金翅鸟，接连地飞掠而来。行者道："快扯出兵器，先叫他们吃老孙一棒。"说着，从耳朵里拖出一根针来，迎风一晃，立刻变成一根金棒，八戒和沙和尚也各扯出兵器来，等着妖怪前来，准备一场厮杀。

八戒道："哥啊，你看他们可多呀。"

行者道："来它几千几万，也不是老孙的敌手。"

这时，那些鸟飞得快近了，真怪，这时他们才看明白，上面坐着人。孙行者这回是头一次看见人类，因为离着远，还看不甚清。行者把棍一背，拦阻去路，他想临到切近，一一拿棍子都给打下，可是谁知还离着老远，就见这大鸟向自己低头行礼似的，嘟嘟地响起来，跟着许多许多的弹子飞来。这种东西，射到身上马上就是一个洞。幸而孙行者身体是炼出来的，打在身上进不去，可是碰在猴毛上，就要烧煳了几根。

行者大吃一惊，八戒嚷道："不好，哥啊，扯活吧！咱们够不着它们，它们就吐出丸子来了。"

正说着，那些大鸟都围上来，有的吐出黑云一般的烟。行者就怕烟，他说："师弟跟我来吧。"

他刚说完，八戒的大耳朵上中了一弹，打了一个洞，八戒道："好痛！"说着架着黑风跑下来。三个人遇到一块儿，八戒抚着耳朵道："哎呀，我的耳朵打了一个眼，这倒好了，上轿不必扎耳朵眼了。"

沙和尚道："没有见过这是什么东西？"

行者道："我们先按下云端，到地上看看再说。"

他们落在一座山峰上，行者一念咒，把土地爷拘了来。土地爷穿着一身破西服，颇像个乞丐，见了行者连忙行礼。

行者道："你这老儿，怎么这样打扮？"

土地爷道："大圣有所不知，我到任没多久，就被他们把我的家都毁了，袍子也扯了，我拾了他们一身西服穿上。"

行者道："你管多大地方，有多少人类？"

土地爷道："我哪里管得了，能够有我安身之处，就是好事。这里一片都无人烟，我管的这块地方，都是战场，要没有一个没有，一来就是几十万，不知什么时候就到了。去年这里打过一次仗，打得我钻到地里都不能安身。他们在地里都挖通了，一连好几百里，叫作马其诺线。我们几个土地爷跑到一块儿唉声叹气，谁也没有办法。"

行者一听，问道："这是什么国地界？"

土地爷道："这是法兰西。"

行者道："没听说有这个国呀！"

八戒道："这儿离女儿国多远？"

土地爷道："现在没有女儿国了，听说女儿国的人民都私逃了，跑到外国入了外国籍，嫁个丈夫生儿养女去了。"

八戒道："这多么可惜！"

行者道："你还是惦记着女儿国呢，呆子永远不改脾气。我问你，这里离大唐国有多远？"

土地爷道："远着呢，远着呢。"

行者道："那么老孙去也，呆子，还是赶路。"

他们三个驾起云来，又往东走。八戒和沙和尚驾云走得慢，若是孙行者，一个筋斗就到了。他们一边走着一边往下看，只见有一城池，灯光耀眼，好不热闹，行者道："待我们下去看看，大概是大唐国了吧。"三个人按下云端。

八戒道："且慢着，地下都埋着地雷，登在上面，立刻响起来，把人炸得开花。"

行者道："那么我先下去，你们先在这里等我。"说着，他摇身一变，变了一只鸟，飞落下去。他不敢落地，看见别的鸟有的落在电线上，他也落在电线上。他往下看了看，原来这里跟别的国不一样，刚才那国是黑夜里，现在这里都天亮了。看了房子，不大像大唐国，看衣服也不像，不过看模样和听他们的话，却知道是到了大唐国，他不由欢喜。他刚要回去叫八戒去，忽然一辆电车，从脚下经过，那大弓子摩擦着电线，到了脚底下忽起了一阵火花，行者就觉脚下起了一阵剧痛，好像被吸着似的，他吓了一跳，使劲一飞，才飞起来，脚底下烧焦了两块。

他飞到云端，叫道："呆子！"

八戒等迎过来道："师哥，你看是大唐国吗？"

行者道："好厉害，是大唐国，他们都布了天罗地网。"

八戒惊讶道："怎么，那天罗地网什么样？"

行者道："他们支着许多铁线，有车在底下过。"

八戒听了不由笑道："那不是天罗地网，那是电车，你说的大概就是大唐国。"

行者道："我们怎样下去呢？"

八戒道："咱们别这样下去，我们都变成农人模样，把兵器都藏起来。我这兵器不要紧，和农人耙地的耙子一样。"

沙和尚道："我还是和尚吧，不用变了，这就是我的禅杖。"

行者道："我变个商人吧，这是我的扁担。"

三个人计划好了，各自变了人的模样，找了一个没人的乡间，落了下来。

三个人一同往城里走，行者道："咱们要回大唐国，一切要小心谨慎，不可造次。他们都改了样儿，咱们也得随着他们样儿，可别大惊小怪的。一来免得叫人笑话，二来省得露了马脚。咱们暗暗地访察，把一切都察明白了，然后咱们再治理他们。"

八戒道："咱们进到城里，干什么好？"

行者道："你先别忙，等到城里，把情形看得熟了再说。"

三个人说着，来到城门，便往里走。警察见这三个人可疑，一个种地的，一个和尚，一个做买卖的，三个人跑到一块儿，真叫不伦不类，并且样子也不自然。这个警察对那个警察道："你看这三个，真是八戒样儿。"

八戒一听，吓了一跳，低声说道："师哥，他们怎么会看出我来？"

行者道："莫慌，谁叫你把把子不收起来。"

正说着，警察把他们叫住，说着"检查"。八戒要跑，行者拉住道："不要紧，跑什么？"

警察过来浑身一摸他们道："把你们的证儿都掏出来。"

行者道："什么证儿呀？"

警察道："这一说你们是没有呀，你们是哪儿来的？"

行者道："孙家庄。"

警察道："没听说过，你们到城里干什么？"

行者道："看一看。"

警察道："这三个人可疑，先押起来。"

八戒拿起耙子要动手，行者道："这是人家国法，不可造次，随着他们走吧。"

警察把他们带到局子里，锁在看守所。八戒道："你看，他们把咱们锁在里面，多么糟心。"

行者低声道："不要慌，到夜里，我把你们全放出来。"

他们三个人在看守所里待着，到了晚上，行者拔了一根毫毛，用口一吹，变作自己的模样，自己又一变，变作苍蝇，飞了出来。找到看守的警察，又找了一根毫毛，变作瞌睡虫，钻到警察的鼻子里，警察立刻瞌睡打起呼噜来。行者把钥匙拿在手里，把门开开，八戒、沙和尚全放了出来，行者又把钥匙放在警察兜里。三个人轻轻走出来，行者又把毫毛一收。警察醒了，一见屋里锁着的三个人不见踪迹，门仍旧锁着，不禁大吃一惊，立刻喊叫起来道："见鬼，见鬼！"

三人早已来到街上，这里天已经黑了。行者道："我们还得改模样，不然他们全认识了我们。"

沙和尚道："干脆咱们都做和尚得了，做和尚黑天半夜地走，也没人管，我们给人家做佛事去了，师哥说对不对？"

行者道："对，可是我们住在哪里？"

沙和尚道："我们先找个庙去住。"

行者道："好吧，这倒不失本分。"说着，三个人全变成和尚。找到一座大庙，同方丈一说，说他们是云游和尚，在这里住几天，老方丈立刻给他们一间屋子，他们三个睡在里面。

行者哪里睡得着，他道："师弟、明天咱们分开，各人到街上去察看，看看咱们应当做什么，回来再合计一下。比方说做买卖，咱们就开买卖，总不要露出马脚来才好。咱们看看现在大唐国都有什么新奇玩意儿。"

八戒道："明天若是买东西没钱还不成。"

孙行者道："老孙有的是毫毛，拔一把就有万儿八千的。"

八戒笑道："这要是老花钱老花钱，过些日子那还不成了干皮猴儿了，哈哈！"

行者道："呆子胡说，我不会把毫毛全收回来吗？一根也丢不了。"他们商量好了，各自睡去。

第二天，他们起来，跟老和尚借几张钞票看看，老和尚也摸不清他们做什么用，他们只说看看，老和尚给他们拿出一张万元的、一张千元的、一张百元的，还有几张金券给他们。

他们回到屋里，行者拔了许多毫毛，说道："咱们全要万元一张的，省我的毫毛。"说着，对着钞票喝声"变"。那些毫毛果然全变成钞票，和真的一模一样。行者给他们分了，把原来的钞票又给了老和尚。

八戒道："这钞票给了别人真锁在人家柜里还回得来呀？"

行者道："只要我一叫它们，它们就能回来，你不信把它们装在兜里。"

八戒果然藏起来，行者只一叫，八戒一摸兜里果然无影无踪。八戒道："我们花着钱的时候，你可别收回来呀！"

沙和尚道："二哥你不会出去先换了真的，师哥就收不回来了。"

八戒笑道："对对，还是你明白。"

行者遂又拔了些毫毛，变了钞票给他。钞票和真的相同，就是一样不好，号码子都是一个样。

他们三个人走出来，立刻分散了，各走各的。这里就是沙和尚老实，走在哪里也不多说话，只是暗中考察。看着不大明白，他也不动，饿了就买着吃，有的是钱。他尽绕大街了，绕了一天，走了回来。合着他哪儿也没进去，什么也没干，什么也没得着。他就知道现在的人和大唐国的人，差不了多少，说话只是口音变些，还是那样，打扮却不一样，仿佛没有以前文雅似的。礼节也没有了，做买卖的也没有古人那样忠厚。最奇怪的越有学问的越穷越受欺侮，像什么唱戏的、做买卖的，反倒阔得不得了，受人恭维。他直纳闷，这简直和古人大不一样，优伶在古代地位是那么低，现在是这么高。一个师徒为了小事而反目，也全那么耸人听闻。现在的事儿怨不得天宫都要震怒，简直是反了嘛！沙和尚带着许多感慨回去了。

八戒这一天尽往女人群里跑，除了吃，就看女人。他在有女招待的饭铺泡了半天，把那钞票都拿了出来，都给了女招待。他反正这样想，这是猴子的毫毛，怕什么。女招待一看他有那些钱，不由更加垂青，坐在八戒怀里，八戒乐得直流哈喇子。他想现在的女人比古时候的女人差多了，古时的女人哪有这样随便抱过来抱过去的，圣人说"食色性也"，八戒算是占全了。出了饭馆子，走了一趟大街，饿了又跑进馆子里去。他这一天尽在饭馆子里泡了，结果行者和沙和尚回去之后，他还没有回去。

这里就是行者真忙。他这一天始终没有闲一会儿，他各处都要走走，各行各业都要打听打听。一会儿变只苍蝇进到人屋里去，一会儿变只鸟儿落在人家的房上，一会儿变只虫儿跑到人家抽屉里去看。有一回变苍蝇飞在人家屋里去，叫人家拿苍蝇拍子打了一下，要不是行者的金身体，早被拍得稀烂。还有一次他变苍蝇，落在人家的苍蝇纸上，这一下把行者粘住了，怎么也摘不下腿来，他使劲一飞，把苍蝇纸带到半空去了，吓得老太太半天说不上话来。他飞到半空，才好不容易把苍蝇纸弄下来。

他这回可真不虚此行。回到庙里一看，只有沙僧回去了，八戒还没有回来呢。行者不由说道："这个呆子，不知哪里去了，还不回来！"

沙僧道："师哥何不把毫毛收回，二哥亦就回来了。"

行者一想，对呀，于是大喝一声："还不回身，等待何时。"把身体一晃，毫毛立刻全都回来了。

八戒还在同女招待那里腻歪，腻着腻着，一摸兜里，钞票都没有了，不由大吃一惊，心说："这又是瘟猴和老猪作怪，正玩得高兴，他来这一手儿。"他只得站起来道，"明天见，明天我还来呢。"

女招待道："先生，我们这儿不赊账。"

八戒不听那套，一个劲儿往外闯，女招待如何拦得住，急忙嚷道："这位先生还没给钱呢。"

伙计一听，一齐上前把他拦住。八戒力大，只一推，把伙计们推得东倒西歪，他乘势跑了出去。伙计们和掌柜的在后边追，一边追一边喊，八戒是越跑越快，一会儿便不见了。大家十分奇怪，有人看见说他跑进一条死胡同里去了，大家便追了进去，可是进了胡同一看，依然毫无踪迹。只有一条狗走了出来，出了胡同，撒腿便跑。大家都纳闷起来，这狗是不是有病。狗见没有人追了，现了原形，这才知道是猪八戒变的。

八戒回到庙里，酒气喷人，行者道："呆子，你又哪里去了，这么晚才回来，还喝得这么酒气喷人的？"

八戒道："哥呀，我跑了一天的路，我想咱们干什么好。"

行者道："干什么好？"

八戒道："我们开饭馆子，找女招待，又得吃又得喝。"

行者道："这呆子，大概你这一天没到别处去，只吃了一天的饭。"

八戒道:"师哥什么时候把毫毛收回去的？叫老猪吃了好一通急。幸亏我变了一只大黑狗，算是脱了难，不然非得挨顿板子不可。"

行者和沙僧全笑了，行者道:"若不是收了毫毛，你还不回来呢。"

八戒道:"你们两个人都到哪里去了？"

沙和尚道:"俺就在街上闲转。"

行者道:"那么你看我们做什么好？"

沙和尚道:"我们唱戏最好，现在大唐国都讲唱猴戏，师哥若是唱，比他们都好得多。他们打一个筋斗才五尺，师哥若打一个筋斗能够打出戏园子去，多么好呀！"

行者道:"光唱这戏不成，也得有唱旦的。"

八戒道:"俺唱女的。"

行者笑道:"你这八戒，还唱女的？"

八戒道:"师哥不知道，现在的名旦，哪一个不是俺八戒相呢？别看他们在台上打扮得那么好看，在台下一样难看死了。"

沙和尚道:"二哥每次都是不愿意变女人，这次怎要唱旦角戏呢？"

八戒道:"师哥有所不知，现在唱旦角的都可以娉五六个女人。你没听见有个打师傅的，娉了那么些女人吗？"

行者道:"越发放肆起来了，总是离不开女人，以后再提，老孙的棒可不留情。"

八戒道:"不敢了不敢了。"

说着，摇着脑袋，两个耳朵扇着，有一个耳朵扇着不大灵活了，因为透风，上面有个窟窿的缘故。他道："明天得买了膏药贴上，师哥得给我钱。"

行者道："有孔眼怕什么的?"

八戒道："有孔眼就透风，师哥的话听不进耳朵里去，随着风就跑了。"行者也笑了。

沙和尚道："师哥今天都到哪里?"

行者道："我全走到了。呵，现在大唐国兴的玩意儿太多了，我都不明白。这里一定有了妖怪，兴风作浪，造出许多法宝，我不敢动。非得慢慢知道这些法宝怎么一回事，然后咱们再想法破他捉拿妖怪。"

八戒道："妖怪在哪里?"

行者道："妖怪一定也变成人的样子，看不出来。以后咱们也别露出本相，若是叫妖怪知道，把法宝藏起来，咱们就甘拜下风了。以后不准呆子再喝酒了，倘若那妖怪知道，我们可不管救你。"

八戒吓得慌道："俺不喝了，俺不喝了。"

行者道："大概妖怪已经知道咱们来了，上回不是有人看出你像八戒吗?"

沙和尚道："那么咱们以后怎么办呢? 住在庙里不好，妖精一定注意我们。"

行者道："咱们考学校吧，听说学校里有不少法宝，咱们若是进到学校里去，可以把宝贝都学会了。"

八戒道："上学校就是念书不是? 老猪可不愿意念书。"

沙和尚道："二哥，学校里不光是念书，今天我看了好多，也打球玩，还有女学生一块儿念书。"

八戒一听女学生，不由又道："好好，老猪去也。"

三个人商量好了，便找了一个科学研究院报了名。

三个人又变成学生模样，考试的那天，他们三个人去考。孙行者拔了三根毫毛，变成三支笔分给八戒和沙和尚。题目发下来，他们一看，一点也不懂。什么YXZ、二氧化碳等等，简直如丈二和尚摸不着头脑。八戒看着人家女生低着头写得很快，他不禁有点儿着急，敢则当学生也这么不容易，他急得直看行者。孙行者想了一计，拔根毫毛，变成自己模样，自己却变成蝇子，飞到别人桌上，看看清楚。行者的记性太好，当时全记下来，又回到自己位子，赶快写完交了上去。然后又飞到沙和尚桌上，变作了笔，在纸上写起来。沙和尚一见，就知道是师哥变的，弄得神通。不一刻写完了，也交了。八戒急得直出汗，看着行者和沙和尚都交了卷，他更着急了。他想这要考不上，如何能同师姐师妹们同在一起玩呢？他正着急，忽听耳朵上有声说道："呆子，拿起笔来写。"八戒知道行者来助他了，立刻欢喜了。拿起笔来，那笔便如飞似的，一会儿就把卷子写完，也交了上去。

过了两天发了榜，三个人果然全中了。他们全改了名字，孙行者叫作孙适之，猪八戒叫作朱九如，沙和尚叫作沙悔庵。三个人考上之后，也搬到学校里去，三个人住一间宿舍。这一来，可自由多了。

八戒道："怎么女生不跟男生一块儿住？"

沙和尚道："要住在一块儿，岂不有了小学生？"他们三个人全都笑起来。

开学了，同学们见了面，渐渐熟了，便互相起外号，大家见行者瘦瘦的，轻健的身体，便给他起个外号叫"猴子"。见朱九如又黑又胖，给起外号叫"八戒"。八戒心说："这正合适。"大家看沙悔庵秃头像个和尚，便起外号叫"和尚"。

行者道："他们一起外号，于我们大有好处。"

八戒道："有什么好处？"

行者道："假如我们偶然不小心叫走了嘴，人家一听，知道咱们是叫外号呢，岂不更好吗？"

八戒道："我得找一个高小姐。"

沙和尚道："什么高小姐？"

八戒道："高老庄的高小姐。"

沙和尚道："二哥还没忘呢。"

行者道："在这里可不准造次，这是学校，都是念书的。"

他们每天上课，行者处处留心，很注意听讲。八戒一上课就想睡觉，要不然就左顾右盼地看女同学。吃饭的时候，他比谁都吃得多。

到了宿舍，八戒道："师哥呀，老是这么上多没劲。"

行者道："呆子，且莫慌，他们现在正研究火箭，说这火箭能够射到月亮上去，还说研究电报，和火星通信，这都得报告玉皇大帝去。这要是火箭射到天庭上去，可就出了祸乱了。还有他们都说这九月里有日蚀，咱们得告诉二郎一声去，叫他留神他的狗。"

八戒一听，不由惊讶道："他们这般神通广大，这还了得！师哥，你我都不是他们的对手了，若是他们打翻天庭，你我须苦也。"

行者道："莫着急，待老孙到天上去一趟，就回来的。"

八戒道："哥莫要抛了我们。"

行者道："我夜里就回来，别和他们去说。你们两个人也老实着，不可胡闹，惹出大乱出来。"

八戒和沙和尚答应着，行者拔了毫毛，变作自己身体，躺在床上。他一个筋斗，腾到天空去了。

八戒和沙和尚道："师弟，你说师哥的话真吗?"

沙和尚道："真的，他们坐了火箭就可以到月宫里去玩。"

八戒道："哎呀，他们都成了神仙，我们岂不糟糕。再者嫦娥姐岂不要受他们的调戏呀!"

沙和尚道："师哥这次去一定有办法。"

他们正说着，只听外边嚷起来："大家都到操场去!"他们两个人不知怎么一回事，刚开了门出来，就被人拉去了。就听他们说："拖尸，拖尸!"

他们不懂是怎么回事，被拉到操场。就见许多旧同学抬着新同学往沙池扔，八戒和沙和尚也被他们拉着、抬着，运起多高，扔到沙地里。据说这是一种礼节，八戒不懂什么礼节，只知道把屁股摔得挺疼的，他又不好发作，行者临走时，再三嘱咐他们不要惹气。可是这样被摔，心里老实不甘。大家又看他这大块头，傻大黑粗，越发喜欢掷他。这回他运了气，躺在地下，连动也不动，大家过来抬，却抬不动，十个人过来都弄不动他。大家好生奇怪，又过来十几个，有的抄脚，有的抄腿，有的拉膀臂，有的顶屁股，但八戒分毫没动，大家出了一脑袋汗。

八戒哈哈笑了起来，说道："你们要奈何老朱吗? 叫你们随便动，动得一分，俺就不姓朱。"大家又是一阵拉，但是拉不动。从此，大家都知道他好生有力气，不敢动他，只能以智取了。

大家闹了一车，上自习了。八戒和沙和尚便来到自习室，大家这时都知八戒力气大，都称赞他是个英雄，说他运动一定强，将来要给全校争名誉。有些女生听了，便全羡慕他起来，渐渐和他亲近。八戒一看，得意忘形，老咧着大嘴叉子笑。到了晚上熄灯，八戒和沙和尚睡着，行者回来，他们一点不觉。

第二天八戒便说昨天"拖尸"那个乐儿，他把行者去了一夜的事情忘了。还是沙和尚提起来说道："师哥，昨天你到天庭走了一遭，有何结果？"行者道："没有结果，叫我们随时注意，天上自有二郎神、哪吒等随时防护。"八戒不理会这事，他只想他的光荣了。

到了下课，便跑到操场，还想来昨天的玩法，露露本领，叫女同学们多亲近。谁知今天操场里和昨天不同了，今天是本校足球队和外校的篮球队比赛，先赛足球，后赛篮球。操场上早围满了两校的同学，连别的学校的学生都来参观。因为都知道全市就这两个学校的球队是最强的，两队相逢，真是劲敌，所以大家都跑去看。连报纸上都登着很大的字，新闻记者都跑来摄影，双方特请《体育月报》社长武放人做评判。武放人是个大鼻子，颇有点外国人的样儿。

这时全场周围都挤满了人。八戒以为又是昨天把戏，他一气儿就挤了进去。挤进去一看，人家全穿着红绿色的运动衣在踢着球玩，比赛还没开始。八戒进去之后，大家有的就笑他，嚷道："纠察员维持秩序！"纠察员过来就阻他，不叫他进来。八戒哪里听这套？走过去，照着别人的样子，拿起球来就踢，这一脚把球踢到半空，半天没有下来。踢到上头，看着跟核桃大小了。这时全场哗然，都说："朱九如好厉害呀！"

这时行者和沙和尚听见了，也全跑了来。到场里一看，八戒正逞英雄卖弄，大家在外面乱嚷。

行者怕八戒惹祸，连忙叫道："呆子，随我来，又要闯祸呀！"

八戒道："师哥呀，踢着好玩儿哪！"

行者要拉他出场，那些运动员却全都跑过来，要求队长叫朱九如加入。队长当然允许，便要求八戒参加比赛。

行者道："他不懂得规矩。"

队长道："这没有什么，随便说说就成！"遂蹲在地上，给他讲解球规，说怎样能往人家大门里踢，怎么不能动手，大概讲了讲，八戒和行者等全都明白了。原来是赛球，古时大唐国有赛箭等等的事，这是赛球。行者于是叫沙悔庵也加入里边，大家都很欢迎。临时给他们找了两身动动衣，好在动动员的身体都是宽大的。他们换上了运动服，走到场上，场上的同学都一齐鼓起掌来。裁判员一吹哨子，双方都站好了阵式；裁判员一吹哨子，双方就竞赛起来。

八戒真威风，他得着球，一脚由中央线就踢到对方的大门里去，大门守者正以为球在那边，哪知就踢到自己门前，所以不大注意，等到球飞来，他再扑救已经来不及了。八戒这边胜了一分，观众全鼓起掌来，大呼："八戒加油，八戒万岁！"八戒更加得意了，全场里就看见他跑，他若是带着球，一阵风似的，谁也追不上。观众喊声大震。

对方一连输了几个球，大家跑到一块儿讨论改变阵容，议定是取守势，暂不攻了，由几个人专门看守八戒。这一来果然有些作用，八戒得不着球了。人家方递给他球，就被对方队员截了去，大家把他包围，他若是得了球，几个人一齐拦阻他。八戒虽然力大，但不灵巧，尤其足球以前就没有玩过，偶尔一踢，不大利落，于是对方得能平静无事，有机会还可以再攻。

观众一看，又喊起来："八戒加油！"有几个女同学也喊。八戒心里又较上劲。这回球来了，他跳了起来，拿嘴一叼，把球叼住，跑起来了。对方大队说他犯规，可是规例上并没有叼球犯规一说，裁判员也没有办法。后来临时动议，算把用嘴叼球取消了。沙和尚也真不含糊，秃脑袋把球顶得比别人踢的还远，大家又大吃一惊。

八戒笑道：“俺师哥还没有下场呢，俺师哥比我还要崭。”大家一听，他师哥没下场，已经输了好几十球了，这要是他师哥下场，输的还不更多了！他们只好中途弃权，不赛了，算是科学院得了胜利。

同学们跑进来，一边欢呼着，一边把八戒举起来。八戒大乐，女同学也都围上他了，有的叫密司特朱，有的就叫九如哥哥，有的拿来纪念册叫他题字，新闻记者也跑过来给他摄影。八戒真是天之骄子，得意之至。

赛完足球又赛篮球，篮球比较复杂了，那非伶俐不可，像八戒那样，非犯规不可，一回就被人罚了下来。所以大家都嘱咐他，他道：“这回叫俺师哥也下场。”大家看行者瘦瘦的，怕他打不下来。行者一来也好玩，二来不能叫他们灭了自己的锐气，猴子是最骄傲不过的。他道：“这回老孙试一试！”大家也给他换上一套运动衣，并且又跟他们讲了讲规矩。裁判员一吹哨子，比赛又开始了。这回他们的更加精神百倍，四围的啦啦队喊得震动屋瓦，后面的都站在凳子上，再蹬着桌子，甚至有的跑到屋上去看。

行者手搭凉棚，别看他个子小，跳得比谁都高，这时八戒得着球了，他一举手，谁也够不着，他递给沙和尚，说道：“怕司怕司。”他也学会了一句外国话，沙和尚接过来，递给行者，行者跳起来，一纵身，就跳到对方的篮子上头，把球往篮子里一装，装了进去。观众鼓起掌来。

对方不答应了，说行者“带球走”犯了规。裁判员说：“球没走，是他抱着球跳呀，他并没有跑，他只是一跳，这一跳也没有落地，怎算犯规呢？”大家纷纷议论，都说这事真新鲜，世界运动会也没有这规矩。

八戒道：“告诉你们说，俺师哥只是一跳，还没有折筋斗，要是折筋斗的话，你的篮子在十万八千里远，他也是不管的。"大家听了大惊，以为他是在说笑话，言过其词，不过这已经很使人可惊了！

比赛重新开始，这回不准行者那样跳了。这一来，对方果然转过败风，他们也真神出鬼没的，又灵活又快又稳当，本来他们也是全市最有名的篮球队，打得如何不好？八戒转动不灵，有时不免疏于防范，以致输了几十个球。啦啦队又喊起加油来。行者一看，非得智取不可了。他见那球在对方的队员手里，就如同穿梭一般，快若流星，把自己队员溜得不轻，八戒都喘了。行者拔了一根毫毛，用口一吹，就变了一个篮球，飞到那边，大家一见便抢了起来，行者却抢到真球，跑到对方架子底下，他把毫毛一收，那些队员正传着球，忽然球不见了，十分奇怪，后来一看，却在行者手中。待要夺时，行者已经投进篮框里去了。就这样不知输了多少球。他们一看，这简直是无法比赛，人家又认输了。

同学们欢呼着把行者、八戒等又举起来，举行者时特别的轻，举八戒的时候，真重。这时学校当局也知道行者三个人的运动非常好，立刻把他们叫了去。说他们无论如何，别再考别的学校，情愿不收他们学费，不扣他们的伙食费，以外还给他们一点津贴，算是健康费。他们越发得意了！

女同学这时又给他们写信，八戒一天能收到几封。他拆开一看，全是那套"九如哥，我真爱你，你是多么英雄呀！"八戒想写回信，可是他没写过信，便央求沙和尚给写，沙和尚也没有写过，但被逼得无法，只得替他写。

他不知道应当写什么，八戒道："你就说我喜欢她。"

沙和尚道："这不像话，人家也是良家妇女。"

八戒道："你不懂得，现在讲究摩登，摩登什么都说。"

沙和尚道："二哥叫我写我就写，出了乱子不怨我呀。"

八戒道："没有关系。"于是沙和尚把信写好。

从此八戒却真交起朋友来，每天在一起玩着。

行者道："呆子，你要小心，如果犯了天规，把你下入地狱。"

八戒道："我就拿她们作耍子，谁当真的破了戒?"

行者道："作耍也不准，你得好好做朋友倒成。"

八戒道："俺可不是说做朋友吗?"行者他是随时注意八戒的行动，他也没见过现在的女人，会这么开通。

学校方面，知道他们三个人的运动非常好，立刻聘请体育名指导来教他们田径赛，预备出席世界运动会。名指导是全国最有名的运动选手，出席过世界运动会的，看了看他们三个人的体格，如果加以训练，一定有所收获，连同学也都这样说。每到下课的时候，指导把他们领到运动场，教他们田径赛跑跳打各种姿势，这位指导是以世界最有名的方法和姿势来指导他们。

八戒体大力大，叫他练习掷铁球、铁饼、标枪等等。指导拿起十六磅铅球来做了一个姿势，一边做一边讲给八戒听，同学围着的也很多。

八戒道："我明白了。"那指导把铅球掷出去，足有四十尺远，同学们都为之惊色。

八戒把球拿起来道："这么小丸子，还要费那么许多姿势，瞧咱老朱的。"他做了姿势，把铅球推出去。这个铅球就如砖头一样，一直飞过一层院子，落在一个博士的屋上，铅球把屋顶碰了一个窟窿，落了下去。幸而没有砸着博士的脑袋，若碰在脑袋上，非得脑浆迸裂不可。可是这一下，把博士吓得面无人色，以为这是炸弹，一边跑一边喊起来。

运动场上的人，见铅球没了踪影，各处去找。一听博士喊炸弹炸弹，知道是铅球落在他的屋里，连忙给拾了出来，又拿到运动场，把球碰坏了房子的情形一说，大家莫不又惊又笑。

指导员道："唉，推到四十多尺就很可以了，五十尺准能拿到世界第一。你这一推，足有二百多尺，哎呀惊人惊人！"

八戒笑道："俺这还没有使劲，俺要使劲，还能扔出几里地远。"

指导员摇头道："成啦成啦，不必使力，不要太远，就是五六十尺就可以了。"

这样一说，标枪、铁饼也就不试验了，练习跑吧。八戒说："跑我师弟跑得快，他跑起来如架了罡风似的。"

指导员于是叫沙和尚跑，沙和尚也不讲究什么姿势，指导员告诉他先跑个百米。

沙和尚道："百米是多远哪？"

指导员说："百米就是由这儿到那头儿。"

沙和尚笑道："这还用跑？非得百里或八十里才值得跑。"

指导员道："那叫长距离，你先跑这个短矩离试试。两种跑法不一样，还有中距离，多远有多远的姿势，用多远劲头与步法，跑一百米和二百米就不一样。"

沙和尚道："我跑多远都是一样。"

指导员道："那么先跑到那头再说。"于是告诉沙和尚怎么蹲下，怎么一脚在前，一脚在后，怎么听着喊："站好，预备，跑。"说到跑字，就往下跑。

沙和尚答应着，指导员叫那边终点等着人，拿着跑表，看他用多少时间，指导员遂叫道："站好，预备，跑！"指导员刚说完，沙和尚撒腿便跑，不但看不见他的腿怎么活动，便是连人也看不清似的，只觉一阵风似的，倏忽便跑过去了。到终点一看，才用了四秒多，大家大吃一惊。

指导员吐舌道："呀，你这长矩离也这么跑呀？"

沙和尚道："可不是？"

指导员真是吃惊不小，连同学都十分惊讶。他道："那长距离也就不必试验，等有工夫时再说吧，现在先练习跳高。"他以为他们这样身强力大，跳高一定不成。可是八戒和沙和尚都说："我师哥跳得最高。"同学也异口同声说道："猴子能够跳。"说着，把行者给推了出来。

指导员一看，行者瘦瘦的，便引他到沙池子旁边，把跳高架子立好，杆子也搁好，搁在六尺高的地方。行者道："这还用跳，高高的。"他说着，一下把杆子长到十尺高。

大家一看，不由大惊道："这是撑竿跳吗？"

行者道："这还用撑竿？这一纵身就过去了。"

要知行者跳过去与否，请看下章。

第二章　八戒大闹游泳池

话说行者搁了跳杆，大家都惊心触目地望着。行者站在这边，走了几步，好行者，只一纵身，便跃了过去，大家都为之鼓掌欢呼，指导员都惊呆了。

八戒哈哈大笑，他道："俺师哥还没折筋斗呢。"

指导员道："成了，成了，这非得在民界运动会里得第一不可。"

这个消息叫新闻记者知道，立刻打了电报到各国，果然世界的运动家都得了消息，知道中国现在出了三个运动家，不但打破了所有世界第一的纪录，并且还要成为永远保持者。世界的运动家没有不惊慌失色的，陆续来到中国，看行者三个人的表演。奥林匹亚大会教员也想借着这个机会，在中国开一个小规模的运动会，好观摩一番。

大家来到中国，旅馆都住满了人。世界各国闻听这个消息，也全要来看，花了不少旅费，看这惊人的表演。世界上最有名的马戏班，全来和他们接洽，好莱坞最大的影片公司，也来跟他们订合同。

开运动大会这天，真是风和日丽、秋高气爽。运动场看台都挤满了人，虽然入场券卖一万元一张，但是人还是那么拥挤。世界运动家都陆续来到，什么欧文思等等也全都入场。比赛是一样一样赛，一来是场子还没修理完备，二来也不是运动大会，只是一种表演观摩。凡是世界运动会第一的，全都下场和行者三个人比赛一番。

先比赛短跑，世界短跑专家和沙和尚在起点，枪声一响，沙和尚就像一阵风似的，转瞬之间便到了，把别人落下三四十码远。观众莫不惊讶，大运动家都为之吐舌。大家以为沙和尚善短跑，大概长距离一定不成，于是世界上的长跑专家和沙和尚比赛，谁知沙和尚跑长距离和跑短距离一样快，仍是一阵风似的，始终不变，一直跑完，把那长跑名手落下好几个圈。大家更吃惊起来，但看沙和尚面不更色，也不喘气，真是了不得。有许多美国电影明星，如桃乐珊拉摩、费斐丽、洛魔塔扬、柯尔柏等，全都跑过来和沙和尚接吻，沙和尚不知怎么好了。八戒看着心动，尽快道："回头叫你们看我的！"

这时有世界著名生理卫生家把沙和尚请了去，检查他的体格，说："人类的速度，到欧文思那样，已经到了顶点。世界全人类，不是只有这么一个人吗？现在沙和尚不但打破纪录，而且还要超过多少倍数，这不是生理所能做得到的，这里一定有缘故，或者他借用什么电气。"

可是查了查他的身上，并没有带着什么机器，脚上腿上也没有什么东西。据考古家说："中国宋朝有个神行太保，他是把马甲捆在腿上，这种马甲不知是什么东西。中国的科学研究，实在比外国强，可惜是不传留下来。沙悔庵的腿上连马甲也没有，这是什么缘故呢？"

生理学家道："中国最近兴了一种吗啡针，扎上使人兴奋，可是沙悔庵的体格上，组织很健全，没有特异之点，这是最奇怪的。"

不提几位著名科学家在研究沙和尚的生理，各发表惊人议论，且提运动场上，正是八戒逞威风的时候。拿起铅球一推，由北头一直推到南头。大家吃惊道："不用说是铁的，就是皮的也掷不了这么远。"那摄电影的把八戒都围上了，方才摄沙和尚的时候，大家都是失败了，因为沙和尚太快，简直胶卷上竟不能感光，这回小心地给他再摄。八戒又拿起标枪来，这回他为是给他们露一手儿瞧，他使劲大了，这只标枪竟自钻入云端，不见踪影。大家为之骇然，连摄影的都不知赶到哪儿摄那标枪去才好。后来那标枪被一个王家庄的农民给拾回来，大家一算远近，比一颗炮弹打得还远，这简直无法摄影了。外国的女人一看，又全围上来，有的拿着纪念册叫他签字，八戒拿不惯自来水笔，他不知道写什么好。大家叫他写个名字，他写了"朱八戒"三个字，这些女郎都满意而去。

这回该行者表演了。他只是略施身殳，把跳高跳远都表演了一下，把观众都惊得呆了，人家撑竿跳的，他只是一纵身便跳过去了。跳远更不用说，他立定跳远，比别人跑着跳远还远得多，这还没有施展本领呢。朱八戒说："我师哥什么都成，你们跟他比赛不得，连太上老君都怕他咧。"

这时有个世界著名的拳师，他保持拳王的地位已经不少年，他看行者那样瘦，一定没有力量，他只是身体轻而已，立刻提出比赛大力，比赛拳斗。大家一听，十分欢喜。这一场恶斗，一定要有个看头。报告员报告出去，全场观众都站了起来。大力士和行者都来到场中，大家一看，大力士虎背熊腰，十分威武，行者瘦猴一般，很像三期肺病的样子。大家都替行者捏一把汗，大力士拿出一个大哑铃来，由四个人抬着放到地上，大力士只用手一提，便提了起来，然后又一举，举过了头顶。看那哑铃的重量，足有八百斤，大家喝彩声不绝。大力士往地下一放，立刻把地砸了一个大坑。他举完了，叫行者来举，行者笑道："你把老孙看小了，这算什么。"他走过来，用手一提，也举了起来，他喝了一声道："起。"他往上一扔，那八百斤重的哑铃便抛到半空，大家都为之失色，哑铃落了下来，这行者，只用手一接，便接住了。

大家又一阵鼓掌。他道："我这里还有一把家伙，你可以看看。你若拿得起来，我老孙便服你了。"说着，由耳朵里掏出一根针来，在手心里放着。大家都笑了，以为行者是开玩笑，一根针谁还拿不动。行者道："你们来看。"迎风一晃，立刻变了一根大柱子。大家又吃了一惊，不知他是怎么变的，这里一定有化学作用。

行者把柱子放在地上，叫大力士去抱。大力士以为他这根柱子一定是假的，过去便抱。谁知道一抱，就如同这柱子生了根似的，再休想动它分毫，他的汗都流出来了。行者笑道："这个有一万八千斤，躲开，待老孙拿起来。"说着，用手托，就见那柱渐渐缩小，最后变成一根针，放在耳朵里。

大力士以为他一定有魔术作用，愿意和他比拳，人对人，看他怎样。于是四面拦了绳子，两个人站在中央，由一个裁判司号令。观众这时精神紧张极了，看那大力士的拳头，就和铁锤一般，打在那瘦猴的头上，非得成了烂梨不可。谁知行者心里笑道："老孙是老君的炉里炼出来的，你敢打老孙？老孙不动，叫你打一个试试。"

那个拳王摩拳擦掌，跃跃欲试，裁判员号令一下，拳王便扑了过来，照着行者的腮帮子就是一拳，以为这一拳准得把行者打个仰八脚。谁知这拳打空了，行者不见踪迹。他正奇怪，就觉自己屁股上，挨了一拳，打得自己一个马趴，观众都笑起来。拳王赶快爬起，过来又是一拳，这一拳非常使力，可是又打空了，行者又不见了。他刚要翻身，只觉后腰眼地方，被行者一头撞来，又被撞了一个马

115

趴，观众又笑起来。拳王怒了，爬起来奔过行者，这回看准了他，照着行者鼻子就是一拳，行者一蹲身，钻到他的股下，往上一起，把拳王顶起多高来，整个儿摔在地上，观众的笑声如雷一般地哗然不止。

八戒在旁边也笑了，他道："师哥真是作耍子。"

有人喊道："那瘦猴子怎不打他？"

行者道："老孙要是给他一拳，他能够丧命，干脆老孙卖两手儿你看。"说着，他便站在那里不动，拳三过来，这回使足了劲，照着行者的下巴击来，行者动也不动，那一拳打上，竟没使行者栽倒，就像打在铁柱一样，反而把手震得疼痛。跟着又击了两下，仍是不动分毫，拳王出汗了。观众越发喊叫起来，行者只用他那小拳头，在他头上一击，拳王蓦地倒地，再也起不来了。裁判员数到第三，他还是趴着，这就算行者胜利了。这时，广播电台中将大会的情况立刻播送到世界，举世皆惊。

这时有游泳家过来，他们以为行者等一定不会水性，愿意和他们比赛游泳。大会委员和行者等三人一说，八戒笑道："游泳，那俺老朱拿手。"说着，他们全来到游泳池。

八戒一看游泳池里，有许多摩登小姐在游泳，露着红润皮肉，映着碧水，格外动人。八戒又心痒了，急忙脱了衣服，换了游泳衣，往池子里便跳。

在大唐国时代，若是有几个女人在池子里游泳，不用说一个黑男人跳进池子里，就是有个男人走过，都要大惊小怪地喊起来。现在却没有关系，男女一个池子里游泳，胳膊腿乱碰，不算什么，有的还一块儿拉着抱着地游。年代不同，连行者看了都纳闷。大唐国怎么会变得这样，这不是才一千多年吗？在天上也就是一年多光景，怎么会变得这么快？土地都管什么的？

他一生气，跳到一个清静无人的地方，一掐诀，土地爷出来，还带着土地奶奶一块儿拉着腕子出来的。土地奶奶也摩登了，穿着高跟鞋。他们见了行者，并不认识，鞠了一躬，说道："这位大神，哪座仙山，经过此处？"

行者喝道："你连老孙都不认得了？"

土地爷道："实在眼拙。"

行者道："你们为什么打扮得这种模样，见我不磕头打揖？"

土地爷道："现在兴这个，连我们都染上了，大圣不也是很摩登吗？"

行者一看自己，可不是还穿着运动服，怨不得他们不认得自己。便摇身一变现出原形。

土地爷一看，立刻慌了，跪倒磕头，口称："大圣在上，小老儿不知，多有得罪。大圣为何到此？"

孙行者道："我且问你，男女授受不亲，这是天命。现在大唐国闹得男女一个池子里游泳，你为何不管？"

土地道："大圣有所不知，现在人间的事，不但神仙管不了，人倒要管起神仙来了。现在一张嘴就是神圣，这也神圣，那也神圣，他们都神圣起来，咱们怎么办呢？"

行者一听，点头说道："好吧，待老孙报告天庭再说。"他只得又来到游泳池。

这时，游泳池一片嚷声，行者一问才知道，八戒跳入水里，就没有上来，大家都说他不会水性，一定淹没在水底，但这时忽然有一条鱼，在小姐们的腿间来回游着，吓得小姐们都纳闷，游泳池怎么会跑出鱼来，都纷纷上岸。行者一听，知道又是八戒干的，连忙跳入水里，一看那鱼还在游着，行者心里说道："待我变个鱼鹰来捉它。"

八戒游得高兴，一看有个鱼鹰正等着它呢，吓得连忙现了原形。

行者也现了原形，说道："呆子，你又闯祸，还不上去。"

八戒道："俺只作作耍子，他们就那么大惊小怪。"

行者道："快上去吧。"行者一把将他提起，游到岸上。

大家一见，朱九如并没有淹死，不由十分奇怪，问他是怎么一回事。

八戒道："俺在水底下凉快，睡着了，若不是俺师哥叫俺，还不知睡到什么时候呢。"

大家一听，他能在水里睡着，其水性就很有可观了，大家莫不惊恐异常。这游泳比赛什么？八戒的风头真是十足，连刚离婚的杨秀琼都爱上了八戒。杨秀琼是中国的美人鱼，跟八戒讲了恋爱，那是多么荣幸。八戒得意忘形，又跳到水里练花样，他能够跳到水里，又由水里跳出来，带着水花，跳起数丈高，就和混龙闹海一般，吓得大家莫不失色，连演《泰山得子》的两个著名游泳明星都为之逊色。米高梅公司特请八戒和杨秀琼表演一个爱情片子，请行者和沙和尚演一部武侠蛮荒惊险紧张的影片。他们立了合同，等到将来演片子的时候，闹出了许多笑话，这是后话，暂且不提。

且提他们在游泳池闹了半天，这才回到学校。他们的技艺立刻世界驰名，各国都打电报来，要求他们三个人到各国表演一番。他们都答应了。将来他们又来一套《西游记》，这西游比那大唐国的西游热闹非凡，不过这仍是后话。后话当然得放在后边说，现在还是先提他们三个人在学校。世界各国运动家游历一番，带着照片、纪念册等等的东西回国了。他们回去一述说行者、八戒、沙和尚三个人的表演状况，世界上的人越发想看看他们了。有许多外国女人不愿回国，情愿入中国籍，得以和行者八戒等接近。杨秀琼也不愿意回去了，她非要嫁给朱九如不可。八戒真有点迷恋了，他真想再来一回高老庄的故事。谁知行者却看得严了，八戒闹得二楼八荡。

这天是星期六，是跑马场赛马的日子，行者道："呆子，今天咱们上跑马场看看去，这又是什么勾当。"

八戒道："师哥，俺正想玩呢。这些日子被女朋友闹得连功课都做不下去，老想玩。"

行者道："今天玩必须听我的调遣。"

八戒道："使得，使得。"

他们三个人走了出来，坐了公共汽车，一直到跑马场。

这时跑马场真是人山人海，足有万儿八千的，他们就跟着人群到里边来。就见有许多人都拥挤着买什么票，他们很奇怪，一探听，原来是买马票。人家告诉他，比方有五个马赛，一二三四五，五匹马跑，你看哪匹马能够跑，你就买哪匹马的。这个马五号吧，你就买五号的马票，回头一赛，如果五号的马果然跑了第一，那你就算得了头奖，如果它跑到后头，你的马票就算白买了。你也可以多买，多买多得，或者多买几匹马，比方五匹马你都买了，那准有得一个的希望，赔也赔不多。

他们打听详细了，又看人家怎么买，又到看台上看马跑了一回，他们都明白了。

行者道："呆子，咱们也买。"

八戒道："咱们要是不得呢？"

行者道："老孙专会看马。"

八戒笑道："你原来是管马的弼马瘟猴……"

他的话还未说完，行者道："呆子又放肆起来，现在可没有师父

119

护着你呀！"

八戒忙道："师哥莫怪，师哥莫怪，请师哥看马，我们也买马票作耍。"

这时有五六匹马走出来，上面骑着骑师，各穿着颜色不同的衣服。

行者道："那三号马好，买那三号的。"于是他们全买了三号的马票。

谁知跑完，那三号的马却落后了。行者很是奇怪，怎么三号马那么好，却跑在后头？他便拘了土地来问。土地爷说："这快慢全在骑马的，这里头也有毛病。"

行者道："你们先有了毛病，这回却不怨老孙了。"他找到八戒和沙和尚，他道："这回你们听我的。"

八戒道："上回听你的就白买了。"

行者道："这回一定不能白买，老孙自有道理。"

说着，他们又来买票。他们一看，买五号的非常多，买四号的一个也没有。行者道："咱们都买了四号的。"

八戒道："啊呀，人家都不买，光是我们买，那不是白给人家钱吗？"

行者道："莫废话，老孙有主意。"

八戒不敢抵抗，便买了四号的。行者又叫多买，他们钱都拿了出来买。别人看了，都不免笑他们。

他们上了看台，行者道："你们先在这里坐，待老孙做个玩耍就来。"

说着他走下台来，摇身一变，变了一只飞虫，飞到那些马的跟前，在每一匹马的腿上都咬了一些，只有那四号的马没有咬，同时在四号马的头上吹了一口气。天下的马，无不怕行者的，因行者当过弼马的瘟猴。四号马经他一吹，立刻精神抖擞，跃跃欲试。比赛开始，红旗子一举，一群马就好像流星一般奔驰起来。这时台上的观众，一齐鼓掌呐喊，声闻数里。马跑了五六百里，四号马勇往直前，已夺去了首位，观众大吃一惊。这四号马向来不善跑，这回怎么会跑到头里？再看那些马都好像跑不动似的，大家没有不奇怪的。跑到终点，仍然是四号马第一，大家莫不沮丧异常。

八戒喜极了，忙跑去取奖。这一下得了不少钱，别人都看着奇怪。三个人吃了几杯冰激凌，十分舒服。

八戒笑道："哥啊，你用什么方法叫那四号马得了第一，你再来一回好吧？"

行者道："我们不来这个了，那边有摇彩的，我们看看去。"

他们又到那边摇彩地方，见许多人在围着，里边有人在摇彩，一个木箱子，里面装了些小球儿，小球儿上刻着字码儿，摇出一个小球，由一个女孩子拿起来，照着球上的号码一念，念出来的号码，就是得奖的号码，谁买了那个号码，谁就得奖。

行者一看，头奖得五千多万块钱，立刻和八戒说："咱们也买。"

八戒道："师哥弄弄神通。"

行者道："可是咱们得了也不能要这个钱，咱们把这钱完全济贫才成。"

八戒道："使得，只要咱们得了，叫他们都白瞪眼。"

行者道："我们每个人都买一张。"他们便到彩票处，各买了一张。行者是一号，八戒是二号，沙和尚是三号。三个号码挨着，八戒看卖票的女孩挺好看，又想多买，行者把他揪住了。

一会儿，马跑下来，完了头二三奖的次序，便开始摇彩。行者早变了一只虫儿，混到球儿一块儿。那摇彩的刚要把球儿倒在木箱里，一看有只虫儿，便自用手提了出来，那虫儿便是行者变的，摇彩的哪里知道，扔在地下，用脚一踏，还使劲搓了搓，幸而行者是百炼金身，不然非弄得粉身碎骨不可。行者一看，这下糟了，假如扔不进箱子里，这个神通无法施展了。

那摇彩的把球都倒在木箱里，行者一看，完了，怎么办呢？忽然心中一动，在地上一滚，也变成一个球儿。别人都没看见，他去碰一个人的脚。那人低头一看，是个球儿，便喊道："地下还有一个球儿呢。"摇彩的一看，可不是，忙拾了起来，说道："你们也不小心，把球儿怎么弄在地下。"大家互相推诿，又看了看地下没有球了，便把这个球放了进去。

行者算是进了木箱了，他进到木箱子里一看，见有好几千小球儿，哪里去找一号呢？他正在一个一个地找，忽然箱子摇动起来，行者在里面直翻筋斗，他还没找到一号呢。这时已经该是球摇出的时候，行者有心自己变成一号出去，可是八戒和沙和尚两个号码却无法使他们得了。他堵住了小口，不叫别的球出去。摇彩的摇了半天，不见球出来，不禁纳闷，由小口往里看，里面塞住了，他用手指头拨了拨，正拨在行者的腰眼上，他一翻身，别的球就往外滚。一看，是八百六十五号，他连忙给揪住了。接着，自己拔下一根毫毛，用口一吹，立刻变成一个小球，上面刻着一号，他用手一推，推了出去。大家道："出来了。"那女孩子拾起来一看，是一号，遂用号筒报告道："第一次摇出一号。"八戒一听，乐了，对沙和尚道："这一定是猴子弄的把戏。"沙和尚揪他一下，低声道："别叫人听见。"他们又沉默着。

这时又摇第二次，行者仍是把住小口，又拔了根毫毛，变作二号球，把别的球都踢开了，把二号球扔出去。女孩报告出来，观众莫不愕然。到三奖，又摇出三号的时候，观众简直愕然起来，谁也不相信，头二三奖就是一二三号。可是明明摆在那里，又有什么办法？大家都十分惊奇。摇完了奖，又把球由木箱倒出，行者也被倒出来，滚在地下，大家一看，遍地找没找到。大家道："摆好了看着多不多，这回真邪行。"

行者和八戒等早跑到领奖处去领款，他们是想着领款，忘了把毫毛收回去，结果这里却多出三个球号，一看号码，却是一二三。大家不由大吃一惊，连忙到取奖处一看，得奖的已经把款领走了。大家一商量，却也无可奈何，把那三个球扔了就算了。谁知他们拿那三个球，已经不见了，他们都非常纳闷，觉得这里一定有魔术。其实是行者这时候想起来，把毫毛收去了。

他们三个人赢了钱，高高兴兴地走了出来。进到城里，把款送到报馆，说是救济文贫，行者对八戒说："这个功德都算你。"八戒欢喜了。

他们回到学校，只见同学们都在忙碌着开会，见他们三个人回来，便不胜欢迎，说道："你们来吧，我们要开一百周年纪念大会，请你们表演几段游艺。"说着把他们拉到大礼堂。许多筹备委员在开会讨论项目及职务分配，于是他们就在第一排坐下，全体会员都目不转睛地望着这三个同学。少顷，筹备委员会首先发言道："这次纪念大会有你们三位同学参加，一定是盛况空前，请别再推诿。"九如等点头答应。

行者忽然想起那天日蚀来，他们居然算得那么准确，实在奇怪，他们怎么就会知道那天那个时候就日蚀呢？我老孙须到天上走走，非要问问详细不可，二郎神的天狗怎么会和他们通同作弊。上回到天庭去了一回，大家都注意防范，可是怎么还会日蚀了呢？这事若不查出底细，将来他们非要闹到天宫不可。我老孙这么闹，也没有说把太阳吞了的。他放心不下，对八戒等道："老孙要到天宫去一趟，你们在这里开会。"说着，拔了根毫毛，变了自己，自己却腾空而起，直上九重天不提。

且说八戒等和同学们开会，先讨论游艺项目，计有国剧研究会的三出旧戏、课余话剧团的一幕话剧，有音乐社的中西乐和独唱种种，女生有跳舞。大会议决，请行者等表演惊险武术。八戒道："俺师哥还会变魔术，往前在半运国和老道虎力大仙就赌戏法，这回还叫他来，什么大变活人，刀砍人头，猴子骑骆驼……玩意儿多着呢。"大家一听，鼓掌欢迎，立刻写上孙同学、朱同学、沙同学表演一九四七年的新奇魔术。

然后又讨论职务分配，大家要选赵延年主席，王德林的后台指挥，李长哈的前台指挥，赵淑娴的招待主任，以外还有什么总务、交际、会计、庶务、计划等部，部下分股，股下分组，这个大会，光是职员就二百多人。这二百多人，再加上二百多名演员，约占全校的一半，这半数同学，因为筹备会务，官准放假。他们可以不上课，一个月前就不上课，名是筹备，其实男女同学跑到一块儿玩儿。这下八戒可欢喜了，天天和女同学作耍。别看他黑，也有女人爱他。

行者上了一趟天宫，一问没事，天狗并没有吃太阳，他很奇怪，后来他一看人家书上的图，原来太阳和月亮、地球，走在一条线上，可是人类怎样会知道的呢？这里一定有神仙下界，不是天宫神仙，也须是个道力高超的魔怪，这非得调查出来不可。

不提孙行者单独留心，且由于学校到了纪念日，高搭彩牌，同学都戴了一朵红花，精神百倍，出去进来，活跃异常。许多女同学也都穿了极美丽鲜艳的衣服，高跟革履，欢笑跳动。来宾也很踊跃，门前车马盈门。有许多人因为听说有孙行者他们三个人表演，都乘了火车飞机来。许多女同学包围着八戒和沙和尚，两个人也不知怎么好了。行者是活动的，许多女同学都追不上他，又都知道他架子大，所以也就追起八戒来。八戒是博爱主义，多多益善。沙僧左右也围了很多女人，群雌粥粥，颇有"僧多粥少"之慨。

有位女同学叫密丝高的，要求八戒专一爱她，把别人都抛弃了。八戒不干，八戒也不是不干，皆因有别人再来诱惑他，他就不由不爱了别人。密丝高悲哀了，躲到一边自己哭去，还直要自杀，给八戒绝命书。

行者对八戒说，叫八戒检点。八戒道："这事不怨俺，俺也没有招她惹她，她非要寻死觅活的，俺有什么办法？"

行者道："假如她要为你死了，虽然不是你害的，你也有罪。神仙若是害死一个人，要灭去多少道行。"

八戒着急道："俺和她成亲，她就不死了，你又不叫俺和她成亲。你去找找阎王老子去，告诉他说，密丝高若是寻死，不叫她死，不就得了嘛。"

行者道："好吧，我去一趟就来。"说着一个筋斗不见了。

待了一刻钟，行者又回来了，说道："呆子，阎王说了，密司高有四十九日地狱之灾，现在还不到。她受灾的时候，你要陪她在地狱四十九天哩。"

八戒慌了道："啊呀，师哥，俺可不去地狱，这人间多么舒服呢。"

行者道："这是前生造定，她是高老庄的高小姐转世，上世受你惊吓，这世你得补偿一点儿罪受。"

八戒流涕道："师哥可莫听他的瞎话，俺老朱不去也。"

行者道："你要是不去地狱，我可以救你，只要你听我的话。"

八戒忙道："我一定听师哥的话，师哥有什么话自管吩咐。"

行者道："你先都不理她们。"

八戒道："师弟呢，他也有好些。"

行者道："他比你有把握。"

八戒道："我也有把握就是。"

行者道："不是，你若不听老孙的话，马上叫阎王老儿把你叫去。"

八戒道："俺不会上天吗？地狱管不了神仙。"

行者道："阎王老儿到玉皇那里参你一本，你也得去。"

八戒道："俺先不理她们好了。"他只得答应行者的话，可是心里别扭就别提了。高小姐因为八戒连别人都不理了，这才安慰了。

且说这天会场里，真是满坑满谷。许多的大科学家和外国博士，研究声光原子的，全都参观而来。他们竟想看行者三人的魔术，他们以为行者的魔术离不开声光电化，只在他们怎么利用了。谁知行者的魔术满不是那么一回事。开会了，主席报告之后，便一幕一幕地演起来。有音乐、有跳舞、有相声、有双簧，都是五花八门，热闹非凡。

到行者的魔术这场，观众都聚精会神地看，行者和八戒、沙和尚三个人一齐走出来，大家一阵鼓掌。八戒和沙僧装那丑角助手，行者穿了大礼服，拿了一根棍儿，这棍儿在魔术家叫作魔术棍。上面有好多玩意儿，人眼看不出来，比方上面有个小钱儿，用棍儿在那儿一指，那棍端便黏着一个钱，其实邪钱是老在上面的。行者的棍上，没有这些零碎，就是那根棒无论变什么都是实在，绝不会无

126

中做有，只是搬运非亲自动手不可。他一上台，连跳带蹦，绝不像那变大花碗的，穿着挺肥大的袄，走都走不利落。

行者向观众说道："我的魔术也没有什么新鲜的，先变个大变活人，回头咱们再表演大砍头。别人变的人头说话，都是用镜子，利用光学，我这个不用，真杀真砍。"说完就变。

行者拿起一个木箱子，举起来叫观众看，四围翻来覆去地看，说道："人家的箱子都有魔术，可是我的箱子没有，这是方才跟训育主任先生借来的，如果不信，请训育主任先生来证明，训育主任先生不会说谎话的，就是会说谎话也不能说的。"

大家笑了，立刻请训育主任上台，当场证明这个箱子是他的，而且他们才借去十五分钟。观众一听，十分奇怪，这个箱子既没有魔术，看他怎么变，况且才借去十五分钟，现装什么彩也来不及呀。

只听行者说话："这个箱子不但要大变活人，并且什么都变，要什么有什么，诸位不信，自管来看，要什么一定有什么。不过有个限制，就是要东西的人，必须先交一万元，变出来的东西便归要者所有了。"

大家一听，这倒不错，各人都准备要东西，一来是看行者的魔术灵不灵，二来是要个东西可以留作纪念。若是个比一万块钱还贵的东西，不是更便宜吗？

大家都在琢磨要什么好，这时行者把棍子交给八戒，他自己钻到箱子里，然后又探出头来道："诸位，这个箱子是真正的百宝箱，训育主任一点儿也不知道。诸位如果要是买这个箱子，一百万块钱就卖，要什么有什么。"说着，便钻到里面。八戒把盖子一盖，他道："诸位，刚才箱子里是空的，什么也没有，这回你们随便要，如果我们自己变，说我们放好了，这回由你们要。"

这时当真有个人出一万元来，说道："要一本书。"又有一个掏出一万元来道："我要一个金戒指。"有个人掏出一万元说："我要一支派克自来水笔。"大家纷纷要个不绝，全场大乱。

八戒道："慢慢来，一个一个的，由前面往后面要，不要忙，都办得到。每人可以要十回，要他千万万万的都能有。"

孙行者在箱子里一听，这个呆子真能开玩笑，如果真要千万万万的，俺老孙不就成了光杆无毛的猴子吗？

不提行者在箱子里听着，只说八戒这一夸箱子是百宝箱，沙和尚在旁边也直帮腔作势，煞有介事地说着，八戒把第一排的钱接了过来，然后打开箱子说道："张先生要个大西瓜。"张先生以为这时绝不会有大西瓜，谁知八戒真抱出个大西瓜来，观众鼓掌喝彩。李先生要一个无线电收音机，八戒一抱，就抱出一个无线电收音机来，八戒道："您看这一万元，多值呀！"

大家一看，更争先恐后地要，赵小姐要一个摄影机，八戒也拿了出来。钱太太要一串项珠，八戒也拿了出来。大家都看得呆了，真是金光缭绕的，喜得钱太太立刻戴在脖子上，不知怎么好了。孙先生要一辆吉普车，八戒道："这可不一定有，须让我看一看，因车比箱子还大。"他走过去，用手一提，果然提出一辆吉普车来，仿佛箱子底是无底洞，什么都可以提上来似的。大家哗然了。会场主席说："请诸位要大东西的，最好存在存物处，全场都放起吉普车来，那就没有地方了。"他是有点儿羡慕孙先生会要东西，一万元买辆吉普车，多么便宜呢！

孙先生见吉普车到手，干脆连游艺也不看了，正好驾着吉普车回家。他把吉普车推出会场，推出大门，驾着就走。不料一坐却坐空了，摔了一个筋斗，再看吉普车踪影全无，不胜奇怪。明明推出来的，怎么会没有了呢？只得垂头丧气地回家去了。

全场里还闹着要东西，李先生说："要个摩登小姐。"他是一半开玩笑，谁知由箱子里真的跳出一个摩登小姐来，坐在李先生旁边。观众这回都奇怪得喊起来，李先生魂不附体地拉着摩登小姐走出会场大门，雇车到旅馆，开了一个房间，李先生心里别提多乐了。女郎先到浴室里去沐浴，李先生左等也不出来，右等也不出来，他走进浴室一看，踪迹皆无。他不由怔了。

总之这会场里，每个人都要了东西，各人抱着各人的东西，别提多欢喜了。八戒数了数钱，已经超过一千万，他道："成了，大家都有了东西了，现在不变了，时间也耽误了不少。"说着举起箱子来，喊大家来看，里面什么也没有，把箱子盖一盖，然后一揪，行者跳了出来，大家一阵鼓掌。行者当场拍卖这个木箱子，要一百万元，立刻就有许多人，出一百万元来买。

训育主任忙走上台来道："我可不卖，我还留着装东西呢。"

行者道："先生若是卖了一百万元，然后再花十万元买一个，不是还赚九十万元吗？"

训育主任道："不，我不愿意赚人家钱。"

他把箱子拿了去，他以为这箱子真的是宝物呢。笑嘻嘻拿回自己屋里，摆在桌上，把盖盖好，心里祝念道："我要一个金表吧。"说着，便打开了箱子，以为金表就在箱子里放着，谁知一看，仍是空空的，什么也没有了。他用拳头打了自己一下，唉声叹气地坐在床上，看着箱子发怔，早知道不如要一百万元好了。

行者的魔术变完了，大家又接着看别的游艺，这时几个化学家正在研究行者的魔术，化学家要了一盒纸烟，他想拿回去化验化验。

要知化验出来没有，请看下回！

第三章　孙行者活擒绑票匪

　　那位化学博士相信行者的魔术一定是光学作用，可也奇怪，每个人都实在接到东西，拿在手里。如果是光学作用，它就不会有实体的东西了。虽然有许多又是没了的，但也许是被人偷了去。就拿自己的这根纸烟说，现在不是还在手里吗？

　　他拿回自己的屋里，放在桌上。桌旁边放着大大小小、曲曲弯弯的玻璃瓶、玻璃管，那都是为化验用的。博士摘了帽子，脱了大衣，卷起袖子，坐在椅子上，拿起纸烟来闻一闻，一点烟味也没有。他想：假如把这烟化验成功，一定可以知道他的魔术来源，这也是一个大发现，可是孙行者的能力也着实可惊呀！

　　博士拿起洋火，把烟叼在嘴里，他想点着吸一吸，尝尝是什么味道。含在口里，就觉得不是烟味，仿佛有点臊味，叶子倒是黄金色。他把洋火点着，看着烟头便点，也不知怎么一下，烟就没有了，他还不理会，洋火差点儿把鼻子烧了。这才知道纸烟已经不在，急忙各处去寻，地上桌上，踪影皆无。他十分纳闷，方才还含在嘴里，怎么一会儿就不见了？也没看它掉在地上呀？怪事，也许怕见火，一见火就化了？怪，这是什么东西呢？花了一万元，什么也没有得着，多么冤呢！

不提博士气闷，且提孙行者等三个人在屋里闲谈。八戒这些日子真是快活极了，真比在天上还自由得多呢。他道："师哥，若是叫俺在这里待几千年，俺也不腻。从前大唐国，哪有现在舒服。从前的房屋都不透气，皇帝住的屋子也是那样暗，到夜里谁也看不见谁。现在你看，吃喝起居，都不费事，夜里有电灯和霓虹灯。师哥，你说电灯是怎么一回事，这里头一定有邪术妖法。"

行者道："你别净图舒服呀，我们是干什么来？我们是来普救人类，使他们为善，解除恶念，不是跑到这儿享福来，我们必须要帮人类铲除恶魔。你看现在的人类，哪还有大唐时候那样忠厚的人，可是恶人真不少。现在兴的法宝，咱们都不懂，飞机怎么就会满天飞，大唐国哪里见过这些呢？咱们要是不想法一一破除了它，将来都闹到天上去，那天上跟人间就要调一个过儿了，将来我们就要属人家管了。"

八戒呆然道："他们管我们？凭师哥这本事，打到天上地下，没有对手，难道还怕他们不成？"

孙行者道："这全凭道行坚不坚。像我们这些年在天上，光是一天混一天，谁也不修炼了，以为一修炼成了神仙，那就算到了家了。其实神仙也有不如妖怪的，妖怪是整年地总是不断地磨炼。他们为了生存，每天去杀生，每天和外力争斗，所以越炼越精，法宝越炼越奇。现在不用说妖怪，就是人，咱们都有时斗不过。就拿大炮来说，咱们还没看见它，它就先打了咱们，咱们有本事也不成。咱们老讲究对面斗法，它却不见你面，它就能打你，你说多厉害！"

八戒道："咱们不会把天上神仙，像杨戬、哪吒、济颠和尚、雷震子……统统都下界来，把他们杀个干净，不就得了吗？"

孙行者喝道："胡说，我们就是为了好生之德，不但人类，就是任何一种生灵，咱们都不能杀害。咱们只有慢慢地调查，只要他们没有害处，咱们就不管。要是坏人，就非铲除不可。"

八戒道："耶司奥来。"

他们现在连新名词带外国语都学了不少。神仙连人的话都不懂，还叫什么神仙？他们谈了许久。

这天是双十节，学校放假。行者和八戒、沙和尚三人要深入民间，查看民情，看有什么恶人隐藏，马上就捉住交到官里。

沙和尚看了报，说道："师哥你看，这家电影院演《西游记》，把我们的事都演出来，咱们看看去好吗？"

八戒道："有高老庄那一段儿没有？"

沙和尚道："有，你看这广告不是说着嘛，高老庄八戒成亲。"

八戒一听，哈哈笑道："俺倒要看看这个高小姐是什么样。"

行者还没看过电影，他们常听说电影电影，今天莫不如就去看看。他们三个人商量好了，行者道："我们最好全改了相貌。"

八戒道："这不是已经改了吗？现在就不是原来本相。"

行者道："这样儿也不成，人家差不多都认识我们了，开运动会等，谁不认识呢？"

八戒道："改什么样？"

行者道："改女人样。"

八戒道："俺可不改女人样，多吃亏呀！"

沙和尚道："师哥不知道，女人不吃亏，看电影就许不花钱，有人给买票。"

八戒道："那好。"说着，三个全变成女人模样。

八戒胖胖的，挺肉感。三个人走到街上，可巧遇见检查。警察一检查他们三人的身份证，相片都不对，说相片上的是男人，他们全是女人，这里一定有嫌疑，立刻把他们带了去。

八戒低声埋怨道："你瞧瞧，又得押起来。"

行者道："莫着慌。"

警察把他们三人带到署里，先放在候审室，警察进去回话。行者道："我们全变回来。"三个人又趁这时变回学生原状。署员传他们三人进去，署员一看跟警察报告的不对，警察说他们是三个女人，现在他们是三个男人，一对相片，完全一样。

警察立刻满头是汗，他道："这是怎么一回事，我明明看他们是女人呀！"

署员道："你是眼花了，净惦记女人，下去！"把他们都轰出来。

警察还直看他们。他们也不言语，鼓着腮帮子走出来，仍旧变成女人的样子来到电影院。

时间还不晚，可是门口挤得人山人海。他们三人因为是女人，可以往里边挤，可是买票的地方，仍是挤不进去。

行者道："咱们得叫别人给咱们买票。"

八戒道："叫谁买呀？"

行者道："你一嚷就有人给你买。"

八戒嚷道："哪位给我们买三张票，我们女人简直挤不上去。"

这话果然灵验，立刻有三个男人，抢着给买，几乎打了起来，结果是三个人一人买一张。一个瘦的给行者买一张，一个胖的给八戒买了一张，一个高的给沙和尚买了一张。

那胖的挤得浑身是汗，真不容易，带着笑容，递给八戒："这是你的。"

八戒道："谢谢，给你钱。"

胖子笑道："五千块的事，请吧。"

他们六个人都进了里面，挨着坐下，胖子挨了八戒，真是说不出的高兴，浑身好像刺痒似的。

胖子道："您贵姓呀？"

八戒道："我姓朱，这是师哥，不，师哥的嫂嫂，姓孙，她姓沙。"

胖子道："朱小姐常看电影吗？"

八戒道："天天看。"

胖子道："以后我也天天来。"他真是上劲。

一会儿，电影开演了。行者八戒全都映出来，行者不大像，饰演八戒的倒是像极了，八戒笑道："真像俺的儿子。"行者一揪他，他才想起来，不言语了，可是心里纳闷。行者也直奇怪，怎么会跑出影儿来，也会说话。俺老孙看一看去，他拔根毫毛变成自己模样，自己变了一只苍蝇一直飞到银幕。到幕上一看，平平的，什么也没有，可是水直流着，还哗哗地响。他又绕到幕后，仍是什么也没有。他想道：不知道的事还有不少，人类兴的法宝，真是不少。他们简直看不起俺齐天大圣，他们竟拿老孙开起玩笑。他们连俺老孙都看不起，还看得起别的神仙吗？这简直不得了，他们真要造反了，这非得报告天庭不可。

他回到自己座上，收了毫毛。到了散场，胖子和瘦子都要约他们吃饭。八戒一听吃饭，就非常喜欢，胖子叫了一辆汽车，他们六个人挤在一辆车上，好在有胖的也有瘦的。一会儿到了饭馆子，找了一个雅座坐下。胖子挨了八戒，瘦子挨了行者，高个挨了沙和尚，他们俨然成为三对儿。大要吃喝，胖子真献殷勤，叫了许多菜，都是八戒没有吃过的。吃起来真鲜，越吃越爱吃。

胖子一见八戒比自己吃得还多，不由说道："朱小姐饿了吧？"

八戒道：“可不是？我今天饿得厉害。”说着又吃。

胖子心说，这位小姐大概是八戒吃磨刀石——内锈，心里也许有两下子。六个人吃完了饭，一算账，一百多块钱，胖子给的钱，胖子是见了女人真花。

吃完了饭，高个主张跳舞去。胖子对于跳舞不感兴趣，他问八戒，八戒也不懂跳舞是什么，他以为跳舞一定是跳着玩儿，便道：“去呀。”胖子一听美人说去，也就不便说回，依着他的心意，恨不得马上回饭店开房间才合适呢。朱小姐既提议到舞场，那就到舞场去吧。于是坐了汽车，开到舞场。

到了舞厅，他们便参加跳舞，胖子和八戒，瘦子和行者，高个和沙和尚，三对儿，搂抱着跳了起来。行者和八戒、沙僧三人哪里会跳舞，他们看着人家怎么跳，也学不好，八戒更胡跳。行者心说：这哪叫跳舞，这简直叫蹭，这一点儿都没有跳起来呀，这非跳不可。行者一遇到跳的事，他就高兴，越高兴越跳得高。这时别人看了，全都窃笑起来。有一个外国妇人索性哈哈大笑，笑他们不会跳。行者见大家都在笑他们，尤其这个外国妇人笑得厉害，他道：“不跳了，咱们歇会儿。”他们到别的屋里去了，大家更笑起来。

一会儿，行者又走出来，坐在椅子上，一声不说。这不是行者，而是行者的毫毛，真行者已经变了一只小虫儿，飞到那外国妇人身上。那外国妇人又袒胸露怀的，她跳得真高兴，这里就属她跳得好，所以她最骄傲，也最笑话人。行者落在她的身上，由脖子便往脊梁骨上爬，爬得洋妇人真发痒。本来正笑话别人，她怎么能够不好好跳呢，跳错了步法，人家越要笑话自己了。她只得强忍着，可是越忍越痒，她又不好去抓，这别扭，把她弄得极不自然。人家见她那种忸怩神情，也不禁有点儿笑她，她的脸立刻红了起来，可是股上

135

越发痒，就觉得一只虫子由背上爬到腰际，由腰际又往下爬，仿佛又爬往臀部的样子。她吓得叫了起来，急忙跑到更衣室，浑身一翻看，什么也没有。她只得又出来跳，跳到半截，又痒了起来。这一回是由腿上往上爬，仿佛有只虫子往大腿根地方爬似的。她又叫起来，急忙跑到厕所，脱了衣服一看，什么也没有，又把衣服抖了抖。这回她不跳了，坐在一旁发怔。

这时忽然所有的舞客舞星，全都觉得由腿往上爬虫子，吓得这些人全叫了起来，一齐往更衣室跑，一齐往厕所跑。可是跑到里面，仍然是不能脱衣服看，大家又跑出来，慌乱作一堆。八戒一看，哈哈大笑。奏乐的正奏着舞曲，也全痒起来，先还忍着不能抓，后来却忍不住了，把乐器放下，捉开了虫子。全场陷于大混乱。

行者这时对八戒等道："我们走吧。"他们三个人走了出来。胖子还舍不得八戒，花了一百多块钱吃饭，还没得点儿什么，怪冤的。他追了出来，一边喊着朱小姐，一边追着。

行者道："这家伙得要一要他。"立时站住了。

胖子赶上来道："你们上哪儿去？"

八戒道："回家去。"

胖子道："我们出城玩去吧。"

八戒道："天黑了。"

胖子道："我们可以住在城外，好玩极了。"

这时瘦子、高个也全都赶了来，大家一商议，全都同意，便坐了汽车，一直开到城外，幸而这时没关城。

他们到了西山旅馆，开了三个房间，胖子和八戒住一间，瘦子和行者住一间，高个和沙和尚住一间。

这时，八戒忽然听见耳朵有个蚊子飞来，他刚要拍就听蚊子说道："呆子，回头你把电灯捻灭了，把他的衣服全拿出来。"

八戒笑道："好的好的。"

胖子笑道："朱小姐你喜欢吗？"他以为八戒和他说话。

八戒道："喜欢喜欢。"

胖子这时魂全飞了，脱了衣服，钻到被子里。八戒把灯一捻。胖子道："捻灯做什么，怕羞吗？"

八戒道："有点儿。"

胖子这时便觉得有人上了床，他真欢喜不尽，把灯又捻亮了，却是瘦子。他不由大怒，说道："你跑我这里做什么？你喜欢她，你不会早挑吗？"

瘦子转身就走了，胖子一见美人也没有了，以为是瘦子弄把戏，便下地找瘦子打架。瘦子正和高个理论呢，说高个跑到他床上。三个人在一起，各不相让，赤身露体地打开了架。好容易经茶房把他们拉开，各人到各人房子里一看，人也没有了，衣服也没有了，他们又互相找着吵。这时他们才知道三个人的衣服全被人拿走了，这才怔了，只好披着被子，在床上忍着吧。他们计划着明天一早，往城里打电话，叫家里送衣服来，说昨天遇上土匪，把他们的衣服全都剥了，他们只得跑旅馆来住，只有这一个办法。

不提他们在旅馆，且提行者三人走了出来，三个人扛了大包袱，一边走着一边说笑。

八戒道："俺今天可吃得不错，这时候肚子饱饱的。"

行者道："我们走进城去，就得天亮了。"

八戒道："走走好呀，我吃得太多，天亮就天亮。"

沙和尚道："俺们全扛着大包袱进城，也不成啊。"

行者一想，对呀，便道："我老孙有个主意，叫呆子变作那胖子模样，穿了胖子的衣服，沙弟变那高个子模样，穿那高个的衣服，我变瘦子模样，穿着瘦子的衣服，这不是合适嘛。"

八戒道："对对，就变起来。"

他们各摇身一变，变了方才那三个人的模样，又穿了那三个人的衣服。一边说着话一边走着，一直走到天亮。他们在道上又吃了些点心，这才往城里走。

刚要进城，只见由城里来了三辆汽车，见了他们三个人，便立刻停住，由上面跳下三个妇人来，一个抱着八戒，一个抱住行者，一个抱住沙和尚，说道："你们怎么回来的，刚才接到你们的电话，说叫土匪劫了，连衣服都剥了去，怎么你们又有了衣服呢？"

行者一听，猜到那三个人一定打了电话，这是那三人家里的人，大概还是太太。他忙道："可不是，我们叫土匪劫了，跑到旅馆去住，谁知土匪今天又把东西全还我们了，他们说认错了人。"

女人一听，便谢天谢地，立刻叫他们乘车，赶快回家。他们各上了车，女人在身旁，各开回各人的家去。

孙行者来到瘦子的家里，家里的人全出来迎接，把他让进去。人家全认识他，他却不认识人家，可是又不能露出破绽。他不敢多说话，怕把人叫错了，人家看出假来就坏了。家人见他不大爱说话，便道："老爷这回一定受了惊吓，你们看，都出了神了，咱们非得给老爷叫叫魂不可。"大家商议着请个页香的来，先叫魂灵。孙行者心说："不必叫，连肉体都在西山呢。"

大家给他做面，打洗脸水，问长问短的，行者只说土匪怎么劫他们的情形，乱说一通，好在他们都没看见，有时自己再把那瘦子说话时的毛病，学一学，越发像了，一家人绝看不出来。

这时行者忽然想到，若是真瘦子又来了电话怎么办呢？哎呀，他又想起八戒和沙和尚全分散，他们举动粗鲁，恐怕更容易露破绽，这可怎么好呢？自己又不知道他们现在都在哪里，如果问胖子和高个的家在哪里住也不像话，哪有这么好的朋友，不知住处的？他想脱身，又无法走出来。假如硬跑出来固然也可以，但是他们一大惊小怪，惊动了妖怪，知道老孙下界了，这却不好了。

他越想越发愁，大家看他愁容满面，还直安慰他。他忽然心生一计，说道："我想睡觉，我一夜没有睡，困得要命。"

太太立刻叫老妈子收拾床，叫行者睡了。睡着中间，行者忽然说起梦话，大家全都跑来，传声说道："老爷可真吓着了，直说胡话，别再中了病。"

太太立刻把他叫醒了问道："你做梦吗？"

行者道："可不是，我梦见土匪又把老二老三绑去了。"

太太道："没有，你们不是一块儿回来的吗？"

孙行者道："他们呢？"

太太道："他们也回他们的家去了。"

行者道："哎呀，我脑子坏了，他们家都住在什么地方？"

太太皱眉道："你怎么连他们家都不知道了？"

下人说道："老爷一定受刺激很重。"

太太流了泪道："你问他们住址干吗？"

行者道："快告诉我吧。"

太太道："二爷不是在猪毛胡同甲二号，老三不是在沙锅胡同乙三号嘛。"

行者点了点头道："对啦，我想起来了，我还想睡，你们去吧。"他又躺在床上睡了，太太把被子给他盖好，走了出去。

行者这时拔了一根毫毛，变作瘦子模样，自己摇身一变，变只麻雀，飞了出去。先找到猪毛胡同，飞到二号院中，听到屋里喧哗热闹，他变作一只苍蝇飞了进去一看，果然八戒变的胖子在当中坐着，四周围了太太和几个姨太太，八戒正说土匪怎么劫他，他怎么一喝，把他们都给吓跑，说得姨太太们都乐了。八戒看着这许多妇女，不知谁跟谁，看她们的态度，都跟自己不错，非常亲近似的。

这时他看见三姨太太年纪最轻，比起大太太就和女儿一个样，他以为是胖子的女儿呢，便道："你这孩子不能跟我这样。"

三姨太太一听，不由怔了，连大家都怔了。三姨太太道："哟，你看你，吓走几个土匪，就来跟我们使这威风来了。我可是不能由着你这样，你连我都不认得了怎么着？前天你不是还住在我的屋里，好你个没良心的，我叫你撒威。"说着用拳头一打八戒。

八戒知道错了，他哈哈笑道："我现在有点眼花，我看错了，我当是我那孩子呢。"

三姨太太道："呸，老不死的，你倒占我一个便宜。"

正说着，老妈子走进来，附在三姨太太的耳朵说道："大少爷回来了。"三姨太太一听，连忙溜了出去。这一家子，上梁不正底梁歪，没有一个好货。

行者怕八戒闹出笑话，到他的耳朵边说道："呆子，你可要小心了，回头那胖子回来，你却吃官司，老孙可不管。"

八戒一听，慌了道："怎么办呢？"

大家一怔说道："你同谁说话？"

八戒没有回答，行者在他耳朵道："你自己想主意溜出来，我去看悟净去。"

说着，他又飞了出来，来到沙锅胡同，飞进高个的家里。见沙和尚怔怔地正没主意，大家都在烧香祷告，说一定把魂灵吓没了，要不然就什么神附了体，他怎么谁也不认得，并且谁也不理。行者看他坐在屋里，好像正在想主意。忽然沙和尚想起主意来，还是找大师哥去，一个人怎么都是别扭的，还是大师哥机灵。可是怎么去呢？

他道："我要找那个瘦子去。"他连瘦子姓什么叫什么都不知道。

家人问道："哪个瘦子啊？"

沙和尚道："就是跟我在一块儿的那个。"

家人道："哟，那是大哥呀，你怎么连他都不知道了？"

沙和尚道："他在哪儿，我要找他。"说着，站起来就走。

家人说道："可了不得，他疯了。"说着，连忙拦住他不叫他走。

沙和尚拳打脚踢地跑了出来，大家都在后边追。行者拔根毫毛，变了一根绳子，全把他们绊倒，然后追了沙和尚道："师弟，跟我来！"沙和尚一听，是师哥声音，心里欢喜了，看见前边一只麻雀，知道是行者变的，便跟着他跑了去。家里人这时爬起来又在后边追。行者把沙和尚带到猪毛胡同，找到八戒，一齐跑了出来。

胖子的家里也全纳闷，也跟着追了出来，口里嚷道："疯了疯了。"

行者三人又跑到瘦子家里把毫毛收了，也由里边跑出来。家里人一看也慌了起来，道："老爷跑了，一定是疯了。"大家在后边追，联合三家的家人，一齐追赶，一直追到大街。这时，看热闹的人都拥挤着了，乘这乱时，三个人不见了。大家正自奇怪，忽又看见他们三个人坐着洋车回来，大家正自奇怪，这三个人却是真的，不是行者变的了。

原来他们三个人在旅馆里等着，左等不来接，右等不来接，他们没有办法，只得和掌柜的商量，借了茶房三身衣服，穿着都不合

141

适，胖子穿得扣不上纽扣，瘦子在衣服里就如同灯笼里的蜡烛似的，高个子穿着露着半截腿。结果都不合适，又全脱了。后来他们三个人商量还是各围了一床被子，坐在车上，叫掌柜的跟着，进城取钱，另外还多给。掌柜的也没办法，只得答应了。雇了四辆车，掌柜的跟在后面，三个人各裹了被子，一直进到城里。到城门时还真麻烦，幸而三个人各有职业，各有地位，掌柜的也常来常往，跟他们一说三个人被盗，警察验了一下，什么也没有，本来什么也没有，光着身体，检查太容易了。

他们进了城，正要各回各家，忽然遇见他们家里人了，不胜欢喜，连忙喊叫。这些家人正在找他们三个人，忽然听他们叫的声音，不知在哪里，后来看见洋车上，由被子里探出脑袋来，他们才认识。都纳闷起来，为什么都裹上被子呢，这简直是疯了。立刻过去把被子一揭，一看里边露出大模特儿来，都哗然道："哎呀，老爷是疯了，赶紧送到疯人院去吧。"这三个人一听，哪里肯上疯人院，立刻生气了，下车就打，一边打一边骂道："妈的，什么疯了，胡说八道。"

家人一看老爷打起人来，更以为疯了，又嚷道："快拿绳子捆上！"于是大家过来，全把他们捆上了，连被子一齐捆。三个人受这冤枉气，怎不恼怒，连骂带喊，家人越发看他们是疯了，立刻送到疯人院去。

疯人院一见送来三个疯子，全包着被子，便拒绝收人，说没有地方了。幸而他们家里都有钱，先把钱拿了出来，这疯人院才收留下来。这三个人也不言语，等到解开绳子再说。他们把入院的手续办完，立刻把他们三个抬进去，抬到一个屋子里，把绳子解开，先由一个大夫检查。

谁知刚解开绳子，这三个人便跑出来，吓得大家也跟着跑。院方立刻命人把他们三个人包围住，用自来水管向他们三个人激打。这三个人都光着身体，一激凉水，浑身打战，越发往外冲。可是喷水迎面击来，激得出不来气，又往回跑。据说医治疯人的初步手续就是这样，大家在旁边看着，大夫给他们讲，说等到他们疲倦了，然后叫他们一睡，睡醒就不闹了，如果闹再激。

正说着，这三个人疲倦了。哪有不疲倦的，他们一夜没有睡呀。三个人都倒在地上，大夫立刻命人把他们三个人的身上拭干，擦得他们三个人浑身发热，然后用被子一裹，叫他们睡去。让大家回去，还留个人在这里看着。

他们回到家里之后，旅馆的掌柜跟他们要钱来了。他们问要什么钱，掌柜的跟他们如此一说，把他们三个人怎么同着三个女的到旅馆，怎么三个女子把他们衣服拐跑的话一说，这家里人一听，才觉悟出来，知道他们三个人并没有疯。于是赶快又雇车到疯人院，把三人接了出来。连疯人院都纳闷。三人全睡得迷迷糊糊的，又运到家里去了。

这时，行者三人都回到学校，照旧上课。这天是重阳佳节，学校组织旅行团到香山登高，顺便看红叶。头天晚上大家都准备齐妥，什么面包果子酱、馒头牛肉干，连暖水壶等都准备齐全。女生们全到理发馆去烫发，把旅行当作出份子似的。第二天一清早，听差摇着铃到宿舍去催起。精神好的都把衣服穿好，精神不好的还在被子里躺着，懒得起来。好容易大家都起来了，到操场集合，全校分成两队，一队是乘坐定好的汽车，一队是骑自行车。汽车好几辆都在校门等着，乘汽车的陆续上了车，便开了下去。那一队约有好几百辆自行车，一齐出发，编成一个长蛇阵延长一里多地。

行者和八戒、沙和尚三人是在自行车队里的，他们三个人各骑了一辆自行车，八戒骑自行车还是刚练出来的。他们三个人在头里领路，越骑越快，行者的车就如风火轮似的，如飞一般，八戒和沙和尚也全在后边跟着。出了城是一条柏油路，又平又静，八戒喊道："好快活也。"他们三个人只顾自己飞驰，可却忘了后边一大队了。先还有人跟着他们跑，后来渐渐跟不上了，也索性不跟了。

这三人连头也不回，一直骑了下去。沙和尚道："大唐时候，咱们跟着师父上西天取经，若是有这自行车，也不至于去那么些年。"

八戒道："师父哪里会骑呀？"

行者道："那时若是有飞机，不是也省很多事吗？现在飞机都比咱们能耐大，我们那时连师父都驾不起云来。"

八戒道："你说飞机是什么法宝，怎么谁都能坐？"

行者道："飞机不是法宝，就是一种车能够飞，不过得念咒。你看咱们这自行车，一念起咒来，不是一样起来嘛。坐飞机的咒语我还不会，等到我们摸了诀窍，咱们也可以开一下。"

八戒道："师兄若是开飞机，得带着俺老朱啊。"

行者道："九天庙的和尚，那是自然。"行者也学了一句俏皮话。

他们尽顾了说话，竟走错了路。由青龙桥就改了辙，一直奔红山口，由红山口又往西，越走越没人，后来索性一个人也没有了。

沙和尚道："师兄咱们莫走了，大概是路错了。"

八戒道："不错不错，我们刚走了一会儿呀。"

行者道："呀，是错了，怎么没有人呢，道路不对，等我看看吧。"

他刚要起身驾云到空中，忽然由山坡后面跳出三个人来，由老远就喊："老乡，我们迷了路了，劳驾，往门头沟怎么走呀？"一边说着一边走近他们来。

到了跟前，三人都握着手枪，一个比着一个，说道："朋友，没什么说的，把车和钱留下，走你们的路，别麻烦。"

行者一见不由大怒，这么朗朗乾坤还有你们这强盗作案。本想抽金箍棒，完全把他们打死，后来一想，打死人命，又给地方添麻烦。他道："你们干什么当强盗？"

那三人道："朋友，没什么说的，我们要是有饭吃，也不会干这卖命的事。我们跟你们借个盘缠，快，别废话。"

行者道："好吧，你们都拿了去，这里有钱，都给你们。"说着，把钱都掏出来给他们了。这三个接了钱，各人骑上了车，风驰电掣而去。

八戒道："哥啊，他们把车骑走，我们怎么走路？"

行者道："莫慌，我准保叫他们把车都扔了。"说着，变只鸟儿，追了上去。然后又变只小虫儿飞在车轮的气门芯上，用口一咬，把气门咬了下来，噗的一声，气就放了出来，轮子马上便瘪了。行者挨着次序把气门芯拔了下来，两个轮子都没气了。

三个人全都摔了下来，他们一看，气门芯都没了，不觉十分奇怪，坐在地上商量。一个说："还是赶快走，不然他们一报官，马上追了下来。你们看，他们三个人不是就剩了两人了吗？那一个定报官去了。"一个说："咱们把车抛了怪可惜的，不妨推着它，推到村庄里再说，即或不骑，也可卖些钱。"他们商量好了，便推着车走。

八戒先看到他们全摔下来，不由哈哈大笑道："师兄真会作耍，他们一定不要车了。"后来又见他们推着车走了，不由叫道："苦也，他们又推走了。"

沙和尚道："莫慌，师兄一定有主意。"

145

他们老远地在后边跟着。这三个土匪推着车，转过一个山坡，一看有个修理自行车的，摆在路旁，一个人正在修理自行车，旁边还放着三辆。

这土匪一见，不由大喜，忙走上前去道："这三辆车的气门芯掉下来了，配三个。"

那人看了看道："气门芯没有这么多。"

土匪道："这不是有三辆车，把气门芯拔下来安在这上不就得了吗？"

那人道："不成，这三辆是人家的，人家到山那边找村庄去喝水了，一会儿就回来。"

有个土匪道："干脆，我们骑上这三辆，把这三辆给他们留下，好不好？"

那两个道："对呀。"立刻把手里的车丢下，骑了那三辆车便跑。

那修理车的人喊道："你们给拦下，有人抢了车了！"

土匪掏出枪来道："你要拦就给你一枪。"那人不拦了，三个土匪各骑车又跑了。

八戒和沙和尚赶到，那三个土匪已经转过山头不见了。八戒刚要问那个人，那人一摸脸，他们一看，却是行者，不由笑道："师兄把他们怎么样了？"

行者道："把他们放了吧，给他们换了三辆新车。"

八戒笑道："新车？骑到半路非叫他们滚下来不可。"

行者道："我们的旧车怎么办？现在都没气了。呆子，你力气大，你把它们都吹起来吧。"

八戒摇头道："俺老朱不会吹气。"

行者道："你不吹气，你怎么回去？"

八戒道："师兄再变三辆新车好了。"

行者道："你倒是想得周到，不行，你非吹气不可，不然这三辆车放在这里，岂不便宜了匪人。"

八戒道："俺们一人吹一辆。"

行者喝道："现在没有师父护你。"

八戒道："俺吹俺吹，你们扶着。"

行者和沙和尚扶着车，八戒蹲下身去，嘴对着气门，呼呼地吹了几口大气，轮子立刻吹了起来。三个人又骑着车往回走，走到青龙桥，看见大队正好前来。大家都问道："你们上哪里去了？"八戒刚要说遇着土匪，行者忙道："我们走错了路。"说着，汇入队里，直到香山。

大家下了车，把车都放在一个广场，由两个工役看着。各休息会儿，便往山上爬。大家分三路齐上，在鬼见愁相聚，在那里吃野餐，不到鬼见愁的，不能吃饭。起初大家对上山非常感兴趣，一边走一边唱，可是走着走着，有的就不成了，气也喘，腿也软了，汗也出来了，就不免落后。队形一散开，人一少，越发走得没兴趣。过了十八盘，山路渐陡，山径又窄小，渐渐就畏难起来。仰望鬼见愁的山岭，还有很远，那山岭直冲霄汉，越陡越走不动。不过不走也不成，走一会儿歇一会儿。有许多小姐，一边走一边埋怨，在底下看还有意思，许多的树，许多的红叶，看着很好，半山以上，秃不拉几的，什么也没有，还不如在双清别墅去吃呢。有的小姐生气了，非到鬼见愁不准吃，我不吃了成不成？后来有人说上山有意思，往下一看，非常的好，况且来了就为爬山，半途而废岂不白来了。于是大家又继续往上爬。

八戒道："这山还叫山？真是比土坡子高些就是了，俺从前取经

147

的时候，走那高山，走好几天也走不到头。"

大家道："怎么你还取经?"

八戒知道说走了嘴，忙道："不是，我从前留学的时候。"

大家道："你是去哪国留学?"

八戒道："车迟国。"大家不知道车迟在哪里。八戒道："走啊，哪位小姐走不动了，我背着。"

大家笑着往上走，一直走到山巅，大家有八戒解闷，全不觉得累。大家围了一圈儿，席地而坐，野餐起来。八戒道："谁跟俺跳舞?"他是那天同胖子刚学会的，这时果然有小姐愿意和他跳舞，别的同学也有参加的，都跳了起来，非常高兴，忘了疲倦了。

他们玩了一会儿，下山去了。下山和上山不同，上山虽然显得拔得慌，可是下山蹾腿肚子，走得倒是挺快，胖一点的连脸蛋子都蹾踊得疼。

行者和八戒在前边领路，走到一个别墅，只听里面有人哭，行者便走上前去，问道："怎么一回事啊?"

那家人说道："我们小姐病了，在山上养病。昨天我们老爷坐汽车来看小姐，不料走到卧佛寺那边，因为天黑了，被匪人劫住了，给绑了去，所以我们没办法才哭起来。假如老爷不能救回来，我们小姐一定要死的。"

行者道："不要紧，有我老孙管这件事，反正他们不会伤你们老爷，他们一定还来要钱，要钱的时候，我跟了他去，我非得活捉他们不可。"

家人一听，千恩万谢。同学道："你又管这闲事，虽然你的体育好，可是绑票匪可不留情。"

行者道："不要紧，我老孙会相机行事。"

家人道：“您可留神，若是不好，把我们老爷的性命都饶在里面。”

行者道：“我自知道，不必多嘱，他们向咱们来要钱，我可以把你们老爷救回来，反正我把你们老爷救回来就得，你们就不必管我怎么收拾他们，也许我跟他们说好的。”

家人道：“那可好极了，您见见我们小姐？”

行者道：“不用，你对她说去好了，叫她放心，我还得向学校告假，留在这里。”说着，他便向训育主任告假，并且叫八戒也留在这里。训育主任一听，这是义举，当然准了，可是再三嘱咐他们小心。行者答应了，便和八戒留在这里，大家又一起下山去了。

行者和八戒道：“这绑匪也许和方才那三个劫车的是一伙儿的。”

八戒道：“俺那耙子自那次捕到警察局，就没有拿出来。敢则你有兵器，你不怕，俺老朱赤手空拳却不得便。”

行者道：“到处拿着耙子也不像话，耙子先在那里放着，反正丢不了。我给你一支手枪好不好？”

八戒喜道：“那么最好。”

行者由怀里掏出一支手枪来，道：“可是我不准你放，拿着吓人好了。”

八戒道：“好，俺不放。”说着接了过来，放在怀里，说道，“师兄，你这手枪哪里来的？”

行者道：“就是方才那三个土匪的，叫我把手枪偷了来。”说着，又向那家人道，“你们报官了没有？”

那家人道：“不敢报呢，他们说一报官就先把老爷弄死。”

行者道：“那正好，老孙好整治他们。”

到了晚间，说票的来了。他说他是黑塔寺北边小王庄的人，土匪叫他来送信，告诉你们赶快预备十万块钱，哪天交款，明天再说。明天叫你们到红山口见个面，到那里听信。明天先得送礼，要十斤好茶叶，一百匣炮台烟卷儿，五十两黑货……

行者道："什么叫黑货？"

那人道："就是烟土。"

行者道："好吧，明天怎么见？"

那人道："到红山口自有人领着你们去，你们报个顺字。"

行者道："好了，明天我们两个人去。"

那人道："款早一点预备，晚了可不成，晚了就不要钱了。"

行者道："成了，明天就能交款。"那人去了。

当天晚上，他们住在别墅里，那家人说："还得给他们买茶叶等。"

行者道："全不用，明天老孙前去。"

家人道："那可不成，得罪了他们，回去先把我们老爷弄死了。"

行者道："你不必担心害怕，我自有道理。"

第二天起来，行者和八戒向他们说道："我们前去送礼，你们等着消息吧，不会有错。"说着，他们向红山口走去。

到了红山口，这时有人迎上前来道："你们上哪儿去？"

行者道："我们报顺字儿。"

那人道："礼物呢？"

行者道："你们看，在车后头。"

那人一看，果然自行车后面捆了许多东西，那人道："跟我走吧。"

他们便跟着他们走，走得老远也没路。到一个僻静无人的地方，那里有个山坡，他站住了喊了一声，只见由山坡后面跳出几个人来，全拿着家伙。八戒摸了摸怀里的手枪还在，他放心了。行者上前行礼，把礼物都解下来。那些人点了点数收了去，然后说道："钱预备了没有？"

行者道："预备了，哪天要哪天可以交，人呢？"

土匪道："这两天就可以放出来，你们先拿十万块钱来，明天交，明天听话要多少。"

行者道："这十万块呢？"

那土匪道："这十万元是送礼。"

行者道："这不是送礼。"

那土匪喝道："少废话，叫你们送几回就得送几回，少一点儿就叫你们吃苦。去吧，你们回去，把车留下，不准你们回头，回头就拿枪打你们。"

行者和八戒转身便走，走了很远，过了山坡，再回头一看，那些土匪都不见踪迹。

八戒道："你看，这不是白跑一趟，叫他们跑了。"

行者道："他们跑不了。"说着一纵身，跳到空中，手搭凉棚，用金睛往下一看，只见那些匪人向北逃走。行者翻身下来，叫道："呆子，你快回去，我追他们救回他们主人，去也。"

八戒道："师兄，要早些回来呀，那里就剩下小姐和俺两个人，师兄须不放心也。"

行者道："呆子，还说俏皮话，快回去。"

八戒道："好的。"他转身慢慢走着。走着走着，倦了起来，他倚在大石头睡了。

行者又纵身起来，追赶土匪。见土匪进到一个村庄里，行者飞身下来，变了一只鸟，飞入村庄，又变了一只虫儿，跟着土匪飞进屋里。只见土匪说送礼的事，他看了看，也没看见肉票在哪里。他又飞出来，各屋里都看了看，全是土匪横躺竖卧在炕上抽大烟。他们都说着肉票的事，可是肉票一个影儿也见不着，他不免着急。他忽然想起一个主意来，叫他把自己带到藏肉票的地方。

他飞出村外，又变了一个做买卖的，由老远走来，被土匪看见了，立刻把他拦住，问他是哪儿的，行者也说不上哪儿的，土匪说："先把他关起来再说。"于是把行者绑了二臂，引到一间屋子。里面有个土灶，掀开土灶的板，里面是个洞，把行者推到洞里去。

行者下到洞里，往里一看，见有许多肉票，都坐在里头，气味非常难闻，行者心里说道："原来肉票都藏在这里。"里面很黑，他仔细一看，肉票都蒙着眼睛，他也不知哪个是别墅的老爷。他便问了一声，看是谁说话，结果谁都不言语。行者道："我是来救你们的。"肉票一听，说救字更不言语了，因为土匪嘱咐过他们，有人若要问，谁要答话，马上就打死谁。匪人是怕人知道藏票的地方。行者问了几声，见没人言语，他只得走了出来。外边看票的土匪正在坐着吃烟，他变了一只瞌睡虫，叫看票匪睡过去。他想我何不把这些肉票都放出来呢，于是他又跑下去，把肉票一一解放开了，把蒙着眼睛的布也撕了去，领着肉票走出来，把他们都托上后墙，由后墙钻入田地里各自回家去了。

那别墅的老爷跑回别墅，见了小姐，一提被救的事，小姐的病也好了。家人又把昨天怎么有人来，愿意搭救老爷，今天一清早就去了的话说了一遍。老爷道："以后我们打听出来，再给他道谢吧，我们现在就走吧，这里不要留着了，土匪回头还许要来的。"他们说着便赶紧收拾东西，有的坐着汽车，有的走着，赶回城里来了。

且说行者腾在空中，见被救的肉票全都走得无影无踪了，这才放心。然后他来到别墅一看，已经没有一个人，看那样子是全都逃进城去了。八戒也没了踪迹，大概是随着人家一块儿进城了，他又看上人家小姐了吧。行者十分生气，他想回到城里，又一想，这些土匪如果不除，不仍是给地方作害吗？假如一一打死他们，又违背佛道，他们本也不是生下就是坏人，最好还是把他们活捉了，交给官家去办得了。

想罢，便又变只鸟儿飞到匪巢，看票匪被行者收了瞌睡虫，全都醒了，打个哈欠，伸伸懒腰，不知今天怎么会这样困。猛然一看那洞口开了，不由一惊，连忙伏在洞口往里看，什么也看不见，一点儿声音也没有。自知不好，连忙跳下去，到底下一看，一个人也没有了，许多绳子在地下扔着，便知道有人放了他们，全都跑了。当时吓得面无人色，立刻去报告匪首，说肉票全都跑了，一个不剩了。

匪首一听，大怒道："这许多人都跑了，你们会不知道？"

看守的不敢说睡觉，只得说谎道："也不知道哪里来了许多人，拿着手枪，一点儿也不知道就进来了。我刚要开枪，他们早就把我捆上，跳到洞里，把那些人都放了。我慢慢挣扎才把绳子挣脱开。"

匪首道："你不会喊？"

看守答道："他们把我的嘴堵住了。"

匪首道："快去追赶，追回一个是一个，这么一会儿工夫，谅也跑不远。"说着，便派匪卒四下搜查，结果一个也没有追回来，连个妇女都跑得不见踪影了。

回来一报匪首，匪首更大怒了，这是什么人，这样大胆，非得搜着不可，一定远不了，这里一定有人暗中侦查我们了。今天早晨那个送礼的可疑，一定是奸细，送来的茶叶一点味儿也没有，还有点臊烘烘的味儿，这是假的，咱们被人家算了。这个仇不报，简直算是栽跟头了。

说着，便亲自率了众匪，下山来找。见着人就抓，可是一个人也没见过。他们正走着，忽然听见有人打呼噜的声音，寻着声音一找，原来有人在树底下睡觉。有人一看认识，就是今天早晨送礼的两个人中的一个。匪首道："别嚷，慢慢把他捆上，先搜搜他的腰里有家伙没有。"有个匪徒走过去，往怀里掏出一把手枪来。原来这个人就是八戒，他睡得还真香，跟死了一样，什么也不知道。匪人得到枪，便拿出绳子慢慢地绕好了扣子，把他的手脚都捆好，一勒扣捆了个结实。等到八戒醒了，人家都已经捆好了。

八戒睁眼一看，人家把自己捆上，师兄也不知哪里去了，他慌了，忙喊道："你们莫捆我！"

匪首道："不捆你，你是干什么的，把肉票给放走了？"

八戒道："我没放肉票啊，我是做买卖的，走到这里倦了，睡着了。"

匪首道："做买卖没有货？"

八戒道："我的货都叫人抢走了。"

匪首道："那你为什么怀里有家伙不用。他们既抢你的货为什么不要你的家伙？妈的，你还要说谎。把他拉到山上去，如果不把肉票交出来，就把他大卸八块。"

八戒着慌道："俺实在冤屈呀，我哪里找你们的肉票呀？"

匪首道："说什么也不成，非说实话不可。"

说着，把八戒提到山上。八戒喊道："师兄呀，你到哪里去了，怎么不管俺了？"喊了半天，也没人答应。

匪首道："他还有师哥，这一定还有人，我们还得小心！"于是又问八戒道："你快说，你们一共来了多少人？都在哪里？如果不说实话，先叫你吃些苦头。"

八戒一听，心里说道：看你们怎么叫俺吃苦头，要是打俺老朱能够熬得住。他道："俺一概不知，你们就随便把俺处置吧。"

匪首道："他既不说，来，把他活埋了吧，就去刨坑。"

八戒一听要活埋，他可叫唤起来，忙道："我说我说，我们就两个人。"

匪首道："就两个人，我不信，还是活埋去。"

八戒叫道："真是两个人，我要是瞎说，叫我下辈子托生个猪。"

匪首道："谁还管你下辈子，你们两个人怎么干的事？"

八戒道："我师兄能力大极了，你们一百人也不是他的个儿。"

匪首道："我们要会会他，他上哪儿去了？"

八戒道："俺不知道，大概就在这儿呢。"

匪首道："就在这儿，那我怎么看不见？"

八戒道："要是叫你看见，还算他本事大吗？"

匪首道："你净胡说八道，先把他吊起来，我们还得找那个家伙去。找着那小子，要是不活剥了他的皮，我不叫活阎王。"说着，烟瘾上来，先进屋里抽烟去了，叫匪卒们仍各自搜寻。

这些匪们有的也跑在一旁抽大烟，有的掏出白粉来吸，瘾都挺大。八戒被吊在一个空房里，四面没有人。外边有个看守的，跑到一边抽白粉儿去了。

八戒正闷得慌，忽然进来一个匪，问他道："你叫什么？"

八戒道："俺叫你爸爸。"

那人怒道："我前来救你，你怎么骂人？"

八戒忙道："真不知你来救我，快快给我解下绳子来，我给你磕头，让我叫爷爷都成。"

那人道："我不用你叫我爷爷，我就问你，你怎么被捉住的？"

八戒道："俺是个小商人，由此路过，在这里睡着了，他们就把我捉了来。"

那人道："我放了你，你得应我一件事。"

八戒道："你说吧，我什么事都应。"

那人道："你把跟你一块儿来的人给我找来，把他骗到这里，你就不用管了，好不好？"

八戒道："好好，成成，我一定把他骗来，叫你们把他捆上，吊起来。"

那人道："你这个呆子，又卖好求荣，你不认识俺老孙了吗？"

八戒一听，知道他就是行者变的，连忙说道："师兄快把俺放下来吧！"

孙行者道："我放了你，你好把我捆上是不是？"

八戒道："不是，我是随便一答应，等放俺之后，不是就得俺自由了嘛。况且师哥的能力大，以你找了来不是就把他们都捉住了吗？"

行者道："我放了你，你可得赶快报告官方，叫他们来抓他们。"

八戒道："好好。"

行者给八戒放了绳子，八戒伸了伸腿，说道："俺就去。"

行者道："越快越好，你要再睡觉，我非得吊你五七天不可。"八戒一边答应一边跑去了。

行者变成土匪的样子，一直走进他们屋里。就见匪首那里正在抽烟，匪首说："这烟是今天早晨那两个送礼送来的，怎么一点儿味没有，抽着不过瘾，给我的好土拿来。"

156

行者一立正道："司令，好土在什么地方搁着？"

匪首怒道："妈的，你连这个都不知道了？不是就在夹壁墙里放着，把那柜子一推就成了，你简直吃糊涂了。快去，我这时瘾得要命。"

行者忙一推柜，果然显出一个洞门来，他走到里面去，见有许多东西，他把那烟土和白粉儿，全都揣在怀里，抓了一把土，变了一些假的拿了出来，递给匪首。

匪首躺着烧烟，他又走到别的土匪屋里。别的土匪全都犯了瘾，全把白面儿拿出来，打开纸包，刚要点着吸。行者一看，假如他们一吃足了，精神抖擞，就不好捉了，立刻一念咒，把风婆叫来，刮起一个大旋风，吹进屋里，立刻天昏地暗一般。大家都出不来气、睁不开眼了，这一阵风刮了一刻钟的样子。好大风，怎见得？有白话诗为证，诗曰：

好大风，

刮了一刻钟。

吹得二目不能睁，

吹得白粉儿飞到半天空。

天昏地又暗，

日月都不明，

哎哟哟，好大风！

这是后来八戒做的白话诗，题目叫"大风歌"。现在我给抄来做"风赞"吧。

闲话少说，且说众土匪等到风过去，白粉全不见踪迹，大家唉声叹气，立刻鼻涕呵欠，个个都没有精神，本来要到嘴里的东西忽然没了，越发瘾得厉害。

这时有瘾轻一点的，还能动弹，想到掌柜的那里要点白粉来，先救济大家过过瘾。谁知掌柜的正在着急，大骂着，说谁把烟土和白粉全偷去了，夹壁墙里所存的，全都被人偷去了。他下令集合，把匪卒们都叫了来，一个一个地翻。这二百多匪卒，有的都走不动了，软软瘫瘫的，哈喇子垂下多长。匪首叫他们排着，但他们却东倒西歪。正这时，四外枪响，官兵围了上来。

要知后事如何，且看下章。

第四章　沙和尚溜冰花样翻新

且说匪们东倒西歪，匪首打了那个倒了这个，把这个扶起来，那个倒了，个个都没有劲头儿。这时官兵围上来，各拿着枪一鼓而进，一边放着一边走，可是走了许久也听不见有回枪的声音，他们很奇怪。

八戒领着他们来的，他们便问八戒，怕八戒是骗他们，问道："真有土匪吗？"

八戒道："有二百多人呢。"

官兵道："他们怎么不回枪？"

八戒道："他们许被俺师兄捆了起来。"

官兵道："废话，有一个捆二百多的，他也得捆得了？这一定是你做奸细，把我们骗了来。"

八戒道："要没有，我陪着你们死。"

官兵道："废话！"派两个人先去查看。

这两个兵上去了，一会儿跑了下来，嚷道："没事儿。"大家一听，连忙跑了上去，到那里一看，东倒西歪躺了一院子。大家先还纳闷，怕是他们有什么骗术，后来用脚踹了两下子，连动也不动，这才下手一齐绑了。先用绳子把他们捆上，叫他们走又走不动，又没有车，只得每人背着一个人，走下山来。

这一回活捉两百多土匪，孙行者和八戒的风头又出了很大。这时世界人士都非常注意，有许多科学家都为之震惊，说他们三个人的生理构造一定和常人不同，许多医学博士、生理学家等，聚到一块儿，来到中国，想研究行者三人的生理构造，并带来许多仪器等。

到了中国，通知学校当局，学校当局认为贡献学术，当然认可，不过得先征求孙行者等的同意。学校把这话告诉了行者，行者一听，心里怀疑，他道："我们商量商量再说。"学校当局却表白博士们的意思，说是完全是善意的，希望你们帮助成功，将来在科学方面有新贡献，也是你们三个人的功绩。他们觉得你们的生理构造和常人不同，打算做个试验，也许你们的智慧超过常人，那一定是人类进化的了，这是多么可喜。

行者答应着，回到屋来，和八戒、沙僧商量。行者道："莫非他们知道咱们是准变的了吗？"

八戒道："也许是他们的计策，你想，他们要是研究咱们的生理，不得解剖吗？把咱大卸八块了，咱们不是就完了吗？"

沙和尚道："告诉他们，第一不准大卸八块。第二不准给咱们药吃，万一是毒药，咱们也没了命。第三不准他们把咱们放在什么机器里，万一是什么法宝，把咱们装在里面，一时三刻化为脓血，咱们就出不来了。"

行者一听，说道："还是沙师弟聪明，咱们就这样回复他们。"

商量好了，便回复了学校当局。说世界著名的博士来研究他们的生理构造是可以允许的，不过三样不允许，说罢，便把沙和尚所说的又说了一遍。学校当局又向博士们一提，博士们当然答应。立刻拿了一张表来，先叫他们自己填写，另外，还有一张表，交给学校填写。学校当局一查，见表上印着每天何时起，何时睡，何时食饭，饭量如何，都吃什么东西，喜欢什么游戏，什么功课，待人怎样，性情如何，受过什么刺激没有，与异性发生过关系没有，多啦，却都叫他们答出来。他们马马虎虎地写，八戒填写他的饭量是一顿饭吃三斤馒头，行者却填着只要吃几个水果，也能饱了。

填完了交给博士们，博士们一看，十分奇怪，哪有饭量差得这么远的？

心理学家问生理学家说："这饭量差得这么远，怎么力气却差不多？"

生理学家直摇头，他道："还得看一看他们的家长，看他们是不是有遗传。"

大家一听，也认为有必要，于是又叫当局叫他们写出他们的籍贯，把他们的父母都接了来再说。学校当局又叫他们写出籍贯，行者等却为难了。

三个人在屋里一商量，八戒说："俺有什么籍贯，俺的父母俺还找不着呢？叫他们到泥沱河去找。"

行者道："我的籍贯花果山，水帘洞，连我都好几千年没有去了，不知道这地方还有没有？"

八戒道："咱们就胡乱写一写吧。"

行者道："不成，他们还要去接家长。"

八戒道："你就说我没有爹妈。"

行者道："那你也得有个出身。"

八戒道："俺就说俺是私生子，被爹妈抛弃了，被人拾了去。"

行者道："我们三个人都这样也不成呀？"

八戒道："那俺就不管你们了。"

161

行者道："那人家就轻视你了。"

八戒道："现在不是重视私生子嘛．就拿咱们师父说，出身也不明白呀！"

行者道："你这家伙，瞎说八道，我准给你写上了，就说你是朱家庄的人。"

猪八戒道："在哪儿呀？"

行者道："在贵州边上呢。"

八戒道："他们要到那里去调查呢？"

行者道："俺可以变作你爸爸模样。"

八戒道："你这瘟猴，又占俺老朱便宜。"

行者道："你不这样不成，若是叫他们怀疑咱们，查出咱们是谁来，那就不好办了。"

八戒道："随你便吧，反正俺不管了。"

沙和尚忽然想起来，说道："既然他们要检验咱们的出身，还要检验咱们的父母，干脆师哥拔毫毛变作我们父母的模样，就说我们自己接来的，不比他们各处去找的强吗？"

八戒道："好也好也！"

三个人商量好了，对人家说他们的家长快要来了。大家一听，也都想看看他们的父母是什么模样。行者三个人又各处找屋，三个人找了一所房子，都住在一块儿。大家都问哪天来到北京，大家全要到车站迎接。他们一听，又慌了，想到他们若是真到车站去接，岂不露了破绽。沙和尚叫行者先到车站上变去，行者觉得也只有这样办了。他们打听哪天有火车来，行者先到车站上去，然后他们俩到车站去接。

行者道："你们听我的招呼，我在车上一招呼你们，你们就赶紧

162

过去，二弟的父母是胖的，三弟的父母是高的。呆子，你若见了你爹，你得亲热着点，要不然不像。"

八戒道："不像就不像吧，俺不能亲热，抱着猴毛叫爸爸，俺没那么呆。"

行者道："呆子又不听话，这不是假的嘛。"

八戒道："因为是假的，俺才不亲热的。"

行者瞪眼道："呆子，你再不听话，老孙的棒子不客气了。"

八戒道："俺不是说笑嘛，你看着的，到时候俺要不比你们亲热，俺是没爸爸的儿子。"

他们都说好了，到那天，全校同学都要到车站去接，尤其是女生，都愿意在八戒父母跟前献殷勤。行者早就拔了一根毫毛，变作自己模样，自己飞在天空中等着车，一看车来了，他就上车，混进车里，又拔了毫毛，变六个人，一对瘦老夫妇是行者的父母，一对胖夫妇是八戒父母，一对高个夫妇是沙和尚父母。

八戒等这时都和同学们在车站上等着，站上的人真不少，不但本校同学，就是别的学校和名人们，也全都赶到站上来，都来瞻仰这几个大运动家的父母。新闻记者也赶来摄影，非常热闹。

车到站了，八戒准备着亲热，他叫道："沙师弟，咱们得上前啊。"沙和尚跟在他的后面。这时车上的人陆续走下来，最初入眼帘的是一对胖夫妇，穿得挺整齐的，八戒一看，连忙跑了过去大声叫道："爸爸，妈妈，儿子老没有见您了，今天见了您，真是欢喜不尽。爸爸你好呀，妈妈你好呀！"

那胖人一听有人直叫自己爸爸，十分奇怪，他道："莫非认错了人？"

八戒道："爸爸莫取笑，儿子还有认错了的吗？俺给您拿着

163

东西。"

那胖人说道:"怎么回事呀?"可是不容分说,大家已经飞上前来,连男带女,把这两个胖夫妇,拥上汽车开到他家里去了。

八戒指着一对高个夫妇说道:"师弟,你还不赶快去认,不然大师哥又生气了。"

沙和尚也怕同学看出破绽,连忙跑到那高个面前说道:"爹,您一路辛苦了,孩儿在这里等候多时了。"说着又给八戒引见道,"这是俺师哥朱九如,这就是俺爹。"

八戒道:"你爹就是俺爹,一块儿走吧!"正说着,又拥过一批同学,把高个夫妇拥到汽车上。

这夫妇直喊叫:"这是怎么一回事呀,满车站上认爸爸。"八戒等人哪里听那一套,一直把汽车开向家里。

这时行者由车上走下来,一看,八戒和沙和尚都没踪迹,只有自己变的毫毛在那里,他十分奇怪。等了等,车站上的人全走没了,他无法,只得带着六个毫毛变的人,走出站来。到了栅栏地方,被站上的警察拦住,一查票,他们根本没票。行者忘了这一茬儿了。跟他们到了办公室,说非罚不可。罚吧,行者把钱给了他们,然后走了出来,雇了几辆车,一直回到家里。

这时,大家都把胖夫妇和高个夫妇围在当中,这四个人直嚷,嚷也不成,一直等到行者把这三对夫妇引进来,大家这才怔了。八戒也呆了。

行者直叫道:"呆子,你是怎么一回事?"

八戒道:"你不是叫俺亲热嘛,俺就亲热地接了来。"

行者道:"你知道是不是呀,你就亲热?"

八戒道:"你不是说胖胖的……"

164

行者道："别瞎说了，这才是你真父母，你都不认得了？"

八戒心说：这也不是真的。他道："我看着像似的。"说着，跪下便磕头。大家这才知道八戒认错了爸爸，不由大笑起来。那胖夫妇和高个夫妇，也连呼倒霉不止，相牵走去。

大家见真的来了，连呼万岁。一直等到他们全走了，行者这才收了毫毛。

八戒道："你不要把俺爹收了去呀！"

行者也笑了，说道："呆子，真是痴货，这点儿事都做不好，这要叫别人看出来，多么不好呢。"

八戒道："俺也不愿意呀，车站上去认爸爸，多倒霉呀，你要不叫我亲热着点儿，我能这么着急吗？这要是我见不着你，你又该说我呆子了。"行者一听，也就罢了。

沙和尚道："你还不能把毫毛收起，万一有人来，或是调查户口，又没了六个人也不好。"

行者道："你说得很好。"于是又拔下六根毫毛，用口一吹，仍旧变了三对夫妇。

第二天博士便请他们一齐到学校，进行检验。先量他们体重，八戒三百多磅，行者才数十磅，分量相差太多。他们都非常纳闷，像行者这样体轻的会有这样大的力量？一试他们的肱力，倒是都差不多。肺呼量八戒最大，八戒说："俺曾吹过车轮，一口气，这还悠着气儿呢。"博士们一听，差点吓倒了。最后抽出他们一点血液化验，行者的血液和猿类的血液差不多，一验八戒的血液简直成了猪血。又验这三对夫妇的血，全都和行者一样。他们简直闹不清他们的血统是怎么一回事。集世界各国的大学者来研究，都研究不出。他们三个人一出世，把世界上所有的一切科学定律，完全扰得大混

165

乱。不但是生理学家、生物学家、心理学家、历史学家都闹不清，就是举凡声光电化，全都受了影响。总而言之，行者等三个人和一切人类都不相同。这一来，难倒了许多大学者、大博士。

行者三个人呢，见他们这样研究自己也觉得非常害怕，怕他们检出自己是孙行者来。他们三个人计议着，假如他们当真知道了，非要动手不可，就得一场大战。

八戒道："俺的钉耙还在局子里放着呢。"

行者道："不要紧，连沙师弟的杖，咱们一齐收回来。"

八戒道："他们若是给咱们移了地方呢？"

行者道："那是宝器，到夜里放光，飞到空中，用我的金睛一看，就知道在什么地方。"

沙和尚道："可是我们取来，放在什么地方呢？叫人家看见，一定要疑惑的。"

行者道："我们放在家里不要紧，现在不是有家吗？"

八戒道："咱们用的仆人，他们要知道呢？"

行者道："不必叫他们看见，我们放在屋里就成了。"

八戒道："若是他们使起法宝，我们可也未必是对手呀？"

行者道："你们只看老孙行事好了，千万别莽撞。"

他们三个人回到家里，到夜间腾到天空，一看有个地方金光缭绕，瑞气千条，便知道是他们的兵器放光，急忙驾云而去。到那里一看，却是探照灯。

八戒道："多晦气！"

行者道："莫声张，他们大概知道我们了。你看他们直往空中照，不是知道咱们会驾云吗？再腾空的时候，可得避着一点儿走才好。你们再跟我来吧，你们的眼睛不成。"

说着，又腾到空中，各处一看，到处都是灯光辉煌，简直不大好找。行者道："回去吧，明天老孙单独去一趟再说。"他们回到家里。

第二天的报上登着古物陈列所的广告，说：本所新得的古代兵器两种，经考古学家鉴定，一为猪八戒所用之耙，一为沙和尚所用之杖，颇足珍贵。兹特公开陈列展览，票价概不增加。

八戒一看，哈哈大笑道："俺的兵器有了也。"

行者道："莫要欢喜，他们既然知道是你们的兵器，他们一定知道了你们在这里，我们须得要小心一下。"

沙和尚道："咱们若是取了出来，他们更要惊慌了。"

行者道："我们先打两个假的放在那里，再把真的取回来就成了。"

他们商议之后，便到铁铺去打耙打杖，打好了，取出来，到夜里到古物陈列所，把真的替换了来。八戒得了兵器，欢喜不尽。他们回到家里，收了毫毛，第二天对别人说他们的父母回家去了。

各国的博士都研究得没有结果，也怪扫兴的。可是他们总不肯罢休，他们非要把行者三人研究出个科学的结果不可。他们为了这个问题，把一切科学都放在一旁，天天用公式算，用数学推，这种研究的精神，是非常可敬佩。可是行者三个人更活跃起来。

这天是放假的日子，许多同学都来到他们家里打牌，行者和八戒等在大唐国时候，也见人家赌纸牌，但不是这样，他们不太懂得，经同学们一解释，他们便全明白了。学坏比学好容易得多。他们凑了两桌，非常热闹。不过行者手气不好，老不和牌，把钱全输了出去。输钱倒没有什么，猴性是急的，他一输，仿佛怪着自己不会打，又显得自己运气太坏。牌也真逗气，越是急，它越不出好牌，别扭透了。人家老是三番满贯，自己的手里总是乱七八糟，有个白板，永远抓不来对儿，打出去人家就砸。他十分奇怪，难道这里边有什么毛病不成？同学口里却直说"牌神牌神"的，行者还没听说过有个"牌神"，这牌神在哪里，怎么一点也不知道？虽然天上神仙是多的，但是老孙是无处不到，哪个不认识老孙、跟老孙和气呢？他想道：这大概他们是想造反，我得到天上察看一番。想罢，便叫沙和尚替他打，他说上厕所，其实他出了门，便一个筋斗翻到天空。

来到南天门，太白金星正在巡逻，见行者一个筋斗就滚到天上来，他惊道："这个猴子本事到底不小。"连忙过去问道，"又到天宫，有何要事？"

行者道："我跟你打听一个人。"

太白金星道："谁呢？"

行者道："牌神，谁是牌神，老孙怎么不知道？"

太白金星道："谁是牌神，我也没听说过，别是妖怪吧，你见着没有？"

行者道："我没有呢，我去问问玉皇老去。"

他来到凌霄大殿，见了玉皇大帝，身打一躬。玉皇道："你这猴子，冒失失来了，有何要事？"

行者道："我想见见牌神是谁，他不该和老孙作对。"

玉皇道："牌神？没有这么一个名字。"

于是又来问众仙，众仙也说不知。这时灶王爷含着眼泪上来，跪在丹墀："启奏我主，这个牌神小神知道。"

行者道："你快说来。"

灶王道："我在民间各户，天天听到他们喊牌神牌神的，我就没有见过。他们信奉牌，比信奉我还要厉害，现在家家都供他不供奉

168

小神了。"

行者道："你见过他没有？"

灶王道："没有呢，他总是无影无踪，听说就在人的身上。"

行者大怒道："什么妖怪，胆敢这样作祟！"

玉皇大帝道："快看看众神部下，有没有畜生什么的跑下去。"

大家便各自检查，灶王爷又奏道："民间把牌神和财神老在一块儿供奉着。"

玉皇一听，连忙把财神召来。财神这些日子真忙，应酬太多，各处都有香火，他都得到一到。玉皇一问财神，财神一检查，才查出丢了一个筹码子，一定是在应酬忙的时候，把它遗失在什么地方，跑到地上兴妖作怪。

老孙一听，忙道："你们不必管了，俺老孙一个人就把他提来，老孙去也！"

说着，一个筋斗翻到地上，拘了土地来问，道："你们知道有个牌神，住在什么地方？"

土地道："大圣，小老儿倒听说有个牌神，可是不知道住在哪里，近来他夺了老儿许多香火。听说牌神是中土生的，不是从外国来的。"行者一听，只得先回到家里。

沙和尚刚替他打了两圈，输了不少钱。大家说："不敬牌神非输不可。"

行者偏要赌这口气，他不知牌神是吃软不吃硬，越是赌了气，他越不叫你赢钱，非得来软的，才能克服他。行者哪里知晓，他恨不能把牌碎成两半，也是不见好转。他这时心生一计，他想要什么牌时，只拔下一根毫毛一变，就成了。这时，他手里是白板红中对倒，一样一对儿的，他再抓一个白板或一个红中，就可以和了。他

169

拔了一根毫毛，变了一个白板，拿在手里等抓牌的时候，顺手一作势，把牌拍在桌上，立刻和了一个满贯自摸双。

他正以为得意，忽然对门说道："不对呀，怎么多跑出一张白板来，我手里的一对也是白板，他会有了三个。"

大家一看，可不是嘛，都哗然起来，说道："打了半天牌多了一张白板，这一定把补张儿也放在里面了，这一把牌不算。"

行者一看，好容易想出这么一个法儿来，又露了破绽，真倒霉，只得不算，只有下牌再想办法。

他们继续再打，行者一看，这个方法不大灵，老这样来，就要露出破绽。他看自己一打牌，下家就吃上，而上家打出来的牌自己老吃不上，这是怎么一回事呢？这回他想了一个方法，又叫暂停一会儿，他又出去一趟，说是上厕所，其实他是拔下一根毫毛，变了自己，自己却变了一只小虫，飞进来。他们又继续打，行者飞到下家前面，一看要吃什么，自己便扣下不打，他四周围都来回地看，看谁要吃什么牌，自己绝不打出来。可是这样固然能够扣住人家了，而自己也和不了，因为牌在自己手里，都打不出去，谁也不吃谁，他急得没主意，非得再想法子不可。尤其人家不吃牌，自摸竟和了，自己一点办法没有。

他想牌神真是和自己作对，越想越气，非要和他们斗不可。他们继续往下打牌，行者在上家身上一看，上家正富余一张六万要打，他又看自己的牌需要一个五条嵌当，而上家的牌却有三个五条，他只得把四条打出去。他刚打了四条转了一周，上家却把五条打下来，行者这气可大了，一赌气把六条打下去，对门却推牌和了。行者的急脾气发躁上来，牌神这么和自己作对，自己却莫奈何他，真是齐天大圣的尊严都没有了。他想道："这个小东西，会这么作祟，这一

170

定是受了科学的洗礼，道行增大了！"行者总以为科学的洗礼是一种左道旁门，牌神一定受了他们的传授，法术高强，连自己都莫奈何他。

打完了牌，同学们都走了，行者和八戒说道："你们知道牌神是谁不知道？"

八戒道："俺没有听说过。"

行者道："就是财神的一个筹码，现在逃在人间作祟，我老孙答应捉拿他。可是这东西法术可以，恐怕难以治他，咱们得想法子。"

八戒道："哎呀，这个东西，可把老朱气坏了，简直斗不过他。"

行者道："你越气越坏，这个东西，他连老孙都不怕了。"

沙和尚道："这个东西在哪里，我们去找他。"

行者道："这东西现在道行大了，他比我们还多一种法术。他能够隐身，把他的身体化作无形，隐在人的心里，这要找他，非得钻到人心里去不可。"

八戒道："那就到人心里去找他。"

行者道："可是平时不成，非得一打牌，他才出来。"

八戒道："那就等打牌的时候找他不好吗？"

行者道："岂不叫人知道了？真难办。"

沙和尚道："那么咱们三个人这时不会打牌吗？"

行者道："三缺一呀。"

沙和尚道："师哥拔毫毛做替身不成吗？"

行者遂拔了一根毫毛做替身，他们就打起牌来。谁知他们为找牌神，不是为打牌，结果牌神竟不出来。打了半天，一点儿意味也没有，反而觉得受困。

八戒道："牌神怎么不来呀？"

沙和尚道：“他一定知道师哥在此吧。”

行者道：“这东西我们看不见他怎么办？”

八戒道：“我想起一个方法来。”

行者道：“什么方法？”

八戒道：“以后同他们打牌，师哥可以拔下一百三十二根毫毛，变作一百三十二张麻将牌，这样牌神就不能作祟了。”

行者一听，说道：“妙极，呆子有时也能想个妙主意！”

他们以为这样便不受牌神支配了，其实灵不灵，容后再说，牌神和行者也要斗一回法呢。

且说这天行者他们见同学们差不多一个人扛着一双皮鞋，鞋底子上装着铁刀子似的，他们不知道是什么玩意儿。和同学一打听，大家都笑了起来，有人告诉他们，说这是冰鞋，穿在脚上可以溜冰。说着把他们带到北海，漪澜堂前果然有许多人都穿了那种冰鞋，在冰上溜着，非常好玩。

八戒拍掌道：“好耍子也，俺老朱也要来一双。”

同学都想看看他们溜冰，知道他们不会的。可是又知道他们一练，就得惊人，所以全想把冰鞋借给他们。行者和八戒、沙和尚每人择了合适的鞋穿起来。这里就是沙和尚会溜，他虽然没有穿着这样冰鞋溜过，可是想当年在流沙河的时候，到冬天河水冻冰时，沙和尚在冰上跑来跑去，有时玩耍起来，能够脚底下踏着一块小砖头，一双脚溜起，一下就能溜个百八十里地，在冰上就和飞似的，有时也玩玩花招儿，兴致勃勃。自从随唐僧取经以后，老没有在冰上作耍了，今天难得有这个机会，也穿上了鞋，脚底下越发稳得多了。八戒穿上了鞋，以为穿上鞋就可以在冰上跑，谁知站都站不稳。这还在地上，若是冰上，更要滑得厉害了。他们三个人一齐到冰上来，行者身轻活软，还能站得稳，就是八戒，头重体沉，脚底下一滑，身体便不由得往斜里倒。他越挣扎倒得越厉害，一下冰就滑了一个大马趴，又叫嘴吃屎，大家全笑起来。行者也几乎摔倒，连动也不能动，一动就要摔。原来神仙也没主意，要滑一样滑的。

八戒身强力壮，不怕摔，他见别人溜得那么好，心里尚有气，摔倒爬起来溜，可还没有爬起，又摔了个前栽，又叫大趴虎。幸而八戒没有显露原形，不然的话，这几下就非得把他的大拱嘴摔破了不可，要不然就得摔瘪回去。他渐渐有了经验，在往前要摔的时候，他便往后一仰身，他以为就可以维持平衡了，谁知他往后一仰，脚便往前一蹬，整个儿摔了一个大坐蹲，跌得屁股直疼。八戒道："哎哟，好痛！"大家都笑着，有小孩子们直嚷："看老太太钻被窝！"八戒有点儿脸红，可是他还不大在乎，起来还想溜。他看见那许多小姐们溜来溜去，非常眼馋。还有一对一对地拉着手儿溜，有的还做出跳舞的姿势溜，好不惬意。

八戒看得越发心慌，那平时追逐自己的女同学们这时全和别人揽着脖子溜起来，他又好不生气，恨不能马上便溜得若飞似的才美。但是冰这东西却不听话，使法力也使不出来，除非半空中悬着身体，但那又不叫溜冰了。八戒越使力越站不稳，行者倒是凑合能够站住，但是也不能跑，他想这不是迈步跳的劲儿，他一点一点地蹭。他看人家那样跑，又着急起来。

正这时，忽然看见本方土地爷穿着溜冰鞋，溜到了他的面前，只把脚往外一扭，便戛然而止。

他纳闷道："你这小老儿，怎么也弄得这副尊容，也溜起冰来？"

土地爷道："小老儿知道大圣不会溜，所以前来教给您。"

行者道："你怎么会溜的？"

173

土地爷道："现在兴着这个玩意儿，守着这个，哪有不会溜的。"

行者暗想，简直了不得了，天上的神仙，凡是下到人间，都要被同化了。一个个都受了他们的传授，将来真靠不住要造反哪，我也得学学，想法子破他们的法术不可。他道："你扶着我溜溜，神仙不会溜冰，真是遗憾。怨不得他们说溜起来赛过活神仙呢。"

土地爷道："越扶着越是溜不好，大圣慢慢地溜，就可以会了。大圣没有不会的，小老儿还有别的事，我不陪大圣了。"说着溜到人群里不见了。

孙行者心想，念咒还不成吗？谁知念咒也没用。正在这时，八戒这回跌得重些，他又肉大身沉，冰还没有冻坚固，他一直就掉在冰下面去了。大家又笑又嚷，八戒掉在冰里，却怎么也上不来了，往上一顶，就顶在冰上。行者一看，连忙过来，拦阻大家道："别管，他自会上来的。"大家也知道朱九如的水性最好，又怕都掉下去，所以便全站在一边看着。等了许久，也没有见八戒上来，行者也着急了，连忙也跳了下去。一看，八戒毫无踪迹了，心说，这呆子又哪里去了，别是在这里睡着了。

行者在海里找八戒，一直找到龙王宫，只见八戒和龙王正在谈天。一见行者到来，便道："天蓬元帅刚到，大圣也到了。今天是哪阵风吹来，真是敝宫之幸。"

行者道："呆子，等了你许久，也不见你出来，谁知你却跑到这里来喝茶。"

八戒笑道："俺一时找不着冰窟窿，索性到这里来说话。"

行者道："他们都在等着呢，我们走吧！"

八戒对龙王作了一个揖，口说："打扰打扰，这碗香茶，喝得真解渴。"

龙王爷道："现在的茶叶还不顶好呢，不是真正的茶叶，还都挺贵的，能够喝的，得四五万元一斤呢。"

行者道："你们海底下有茶?"

龙王爷道："哪里有，有点树根树叶子的，都叫人挖了去，什么也不给我剩下，现在物价越发困难，我们龙宫也要实行节约了，没办法。"

行者一听，真得好好整理整理人间了，若不然神仙都得变成他们的狗了。他们常说，神仙老虎狗的，不是把神仙跟老虎一样看待了吗? 他一边想着，一边走出来。八戒在后边跟着，两个人来到原处，找不着冰窟窿了，原来的冰窟窿又冻上了。八戒往上一顶，顶在冰上，顶得脑袋直疼的。八戒道："俺得卖些力气了。"说着，使劲往上一顶，这一下，一大块冰叫他顶翻了。

上面有许多人正溜得欢，这块冰一翻，八戒倒是上来了，可是溜冰的全都下去了，大家又是一阵骚动。行者忙把这些人一一抱到冰上。幸而入冰未久，大家都未淹死过去。抱到茶社里面，在一个单间里烤衣服去了。

行者和八戒都会避水诀，所以他们的衣服都没有湿，他们又照旧溜冰。这时候溜冰的早把沙和尚围上了，沙和尚正在抖威风，大练花招。这些花招都是他自己瞎琢磨的，连他都叫不上名称。大家都看得怔了，他溜的花样，比那个老头儿花样还多。老头儿虽一只脚溜，那是先得跑会儿才能抬起一只腿来，沙和尚不然，他能抬起这只腿溜，讲究个半个钟头的不停止。里刃外刃，画"8"字都是一只脚。这还不提，他一只脚能够跳起来，翻筋斗。冰场周围圈着席，他溜着溜着，一只脚跳了过去，过到席外，仍是一只脚，大家没有不惊呼的。溜冰跳马栏还不算新鲜，他能站在冰上，往起一拔，跳起两丈多高，然后用一只脚的外刃落在冰上。有时他拿大顶，脑袋朝下，用头顶在冰上溜。大家都奇怪他的头就会那么滑，大概滑头滑头的语典，就是由沙和尚这儿兴的。

冰上也有许多外国人，都惊喜得不得了，立刻给本国打电报，叫记者来摄影。世界最著名的溜冰明星宋雅海妮也乘飞机跑来参观，有芬兰国的滑雪健将，想请沙和尚到芬兰去滑雪，沙和尚说："最近我们师兄弟三个人要来一回周游世界，到贵国的时候，一定作陪滑雪。"这句话说了出去，竟被新闻记者听见了，立刻各报纸一登，世界各国莫不准备欢迎。有的想出各种主意，来准备难为他们三个人。

这话原是行者曾经和他们说过，说"现在兴的这些法术法宝，都不是大唐国兴的，全是外国传来。我想这些妖魔鬼怪，一定都在外国藏着。最好到外国游历一番，明是游历观光，暗中调查妖魔的所在，想法破他巢穴，不然越闹越大了"。他是这么一说，预备来年到各国去察看。不想今天沙和尚说了出来，立刻就轰动全世界。举凡运动家、拳术家、科学家、魔术家、大力士、电影明星等，都想和他们比试比试。

他们来年的游历各国，闹出惊天动地的事，给大唐国争了不少光荣，吓倒了许多野心家。这是后话，暂且不提。

且说沙和尚在冰场上一露身手，便引出一个溜冰大会来，有赛跑、花样、化装比赛等等。大家忙着一筹备，马上就开幕。大会那天，非常热闹，场外国旗飘扬，场内音乐悠扬，男女老少，观众约好几万人。沙和尚是参加花样比赛，行者和八戒都来参加化装比赛。

他们事前也曾商议过化装什么，行者说："他们若是准许变样儿就好了。"

八戒道："师哥可以到场上临时变。"

行者道："那成吗？"

八戒道："那有什么不成？就说是化装，谁又知道呢？"

行者道："听你的。"

他们一齐来到冰场，八戒和行者已经练成了，不但会跑，连花样都会了。他们是哪一个项目都参加，哪一个项目都第一。八戒跑起来一阵风似的，只要一蹬，就能滑出十几圈来。他老嫌圈太少，跑不开，一下溜到西山才痛快似的。

花样自然还是沙和尚第一，沙和尚又琢磨出好几种花样来，蹲着、躺着、卧着、翻筋斗、拿大顶，一边溜一边打一通拳，兼溜冰、武术全而为之。又耍单刀，练花枪，神出鬼没，比在陆地上练得还干净利落。他拿着花枪，尖挂在冰上，自己一纵身，一只手挂着花枪，身体悬了起来，两脚朝天，以花枪为轴，身体在上面像风车似的旋转起来，就好像变戏法的拿着一根棍儿顶着碟子似的。大家一阵鼓掌，和雷也似的声音震耳。忽然停止旋转，花枪当着冰刀子，溜起来，身体就在花枪上边。大众一看，简直是神仙了，谁看了都吐舌头。最后他又拿出一个杖来，这回在冰上练得越发出神入胜，这是他的拿手。练起来两只冰鞋在冰上，好像在陆地上那样自由如意。掌声永远不绝，比起宋雅海妮来，那是不可同日而语了。

他又在冰上踢毽子，毽子是围绕着身体乱转，而脚底下一点都不紊乱。假使有一个不留神，或是滑一点儿，这脚抬不起来，毽子就算落定了。不光是踢毽子，他一边踢着还一边溜着冰练花样。比方他练"8"字，一脚把毽子踢了上去，他便里外刃溜"8"字，溜到原地，那毽子正好落下来，跟着便踢一脚，又把毽子踢起，然后又跟着溜。不断地溜，也不断地踢，那喝彩声，连冰底下的鱼都要吓跑了。

踢完毽子，又练花坛，这个坛子尤其不容易。坛子落在水上还没有什么，滑子若是落在冰上，那非得摔个粉碎不可。而且冰是滑的，坛子也是滑的，头顶着坛子滑冰，上下齐滑。若是不留神，不是坛子滑下来，就是脚底下滑趴下。头顶着还不算，还得把坛子扔起来，滑一个"8"字形，再把它接住。不但用手接住，有时用肩、用头顶，一边滑着一边接。滑快了，坛子落在身子后边，滑慢了，坛子碰着鼻梁子。这个花坛讲究用脚踢起空中，然后滑一个"8"字，回到原处，正用头顶上，而且脚底下并不停止。

这一来，有许多观众把舌头吐得挺长，缩不回去，一直觉得舌头冷了，才又缩回口内。以为还有许多新奇玩法，沙和尚说时间太晚了，以后有工夫再玩儿吧。

花样完了，最后是化装表演。这里真是形形色色，有的化装成老太婆，有的化装为村妇，奇形怪状不一而足。这里有一个化装猪八戒的，弄个黑拱嘴，两个大耳朵，穿着黑衣服，大家都说他化装得最好，一定得第一。

八戒道："这倒真像俺的儿子。"

观众倒是直叫："八戒，八戒真好，八戒第一。"

八戒暗中对行者道："师兄，你说他们都知道俺了吗？"

行者道："未必知道，看看再说。"

那化装成八戒的却装得溜不好的样子，做出呆头呆脑的神气招得大家都笑。八戒道："他这是侮辱俺老朱，俺可要动武了。"

行者忙止住道："呆子莫要造次，他这是做得好玩，你若是一动手，人家反看出你来了。你有这么一个儿子，岂不很好吗？"

八戒笑道："俺还没有儿子的娘呢。"

这时大家又多了一个俏皮话，一齐嚷道："八戒溜冰，嘴上吃亏。"

八戒道："他们真把我改透了，师哥你来一个什么，快点名了。"

行者道："你先变一个。"

八戒道："我不变了，我现个原形，也来个八戒。我这还是真八戒当假八戒，我就说我是那个八戒的爸爸。"

行者道："莫要造次呀，人家若是看出来，可就不好了。"

八戒道："看不出来，人家既知道是化装的，绝想不到是真的。"说着，八戒现了原形，走出化装室。

观众一看，一齐鼓掌笑道："又一个八戒，看呐，两个八戒，这个八戒还没有那个八戒像呢。"八戒心说，俺这真的倒不像了，你们才八戒呢。八戒也知拿自己的名字骂人家了。两个八戒站在一起，大家正笑着，由化装室里又出来一个八戒。观众一看越发笑起来，三个八戒一齐比赛，裁判员也无法来评断谁第一谁第二了。

大家都没主意，八戒道："俺应当得第一。"

行者道："俺应当得第一。"

那假八戒也说："俺应当得第一。"

大家纷纷不决，而奖品又只有一个，无法分配。这时八戒说了话，他道："俺有个主意，可以分出上下。"

裁判员道："你有什么主意？"

八戒道："我们都学猪叫唤，谁学得像，谁就是第一。"

裁判员一听，这个办法很好。行者和假八戒都不成了，他们学得都不像。八戒道："看俺的吧！"他便把耳朵一支棱，小眼睛往四下里一看，便叫唤起来。行者和假八戒学猪叫唤的时候，都是张着大嘴，而其实嘴叫的时候，嘴张得并不那么大，所以不像。八戒叫唤是本分，一声叫了起来。大家一听，鼓掌笑道："像极了，像极了!"那还有不像的吗?! 于是定了八戒得第一。一会儿发奖,八戒和沙和尚都抱回许多奖品。他们回到家里,非常快乐,大家也都来祝贺。

这天,他们骑着自行车到学校,遇见检查的,他们把身份证都拿了出来,警察看了看,认为形迹可疑,带到局子里,还得验指纹。这下不对了,因为行者他们三个人,变来变去,虽然模样没有变,可是指纹他们却没有留意。他倒想到一个事,假如大唐国时代,若是发明了指纹,那真假国王、真假唐三藏、真假行者都能验得出来了。局里一验他们指纹,都不对,便把他们押了起来。

行者道:"没想到这一招儿。"

八戒道:"那怎么办呢?"

行者道:"只有到夜里跑出来。"

沙和尚道:"咱们若是跑出来,也不能回家,也不能回学校了。"

行者道:"跑出来再说吧。"

这时局里也怕他们跑了,所以把他们都锁上。上回就是三个人,押起来都跑了,这回又是三个人,这三个人虽然不是那三个人,可是有了上回的经验,这回不得放松了。八戒心说,这回都给锁上,我看师兄有什么妙法。

要知他们如何逃出来,且看下章分解。

第五章　孙行者大战金刚与人猿泰山

话说行者三人被锁起来，看守的还目不转睛地看着他们，行者真没了办法，只好等着。看守的人看着他们，就看行者忽然倒在地上，看守人慌了，连忙开了栅栏门，过来就把行者扶起来。谁知扶起一看，不是行者了，却是承审官。守卒不由大惊，怎么会把承审官锁上了呢？连忙给他开了锁镣。其实他不知那承审官是行者变的。

行者道："你们为什么把我锁起来？"

看守卒道："我们不敢，老爷，这是怎么一回事？"

行者道："你们都瞎了眼，把那两个人也给我放了。"

守卒急忙过去一看，那两个人仍在锁着，说道："老爷，这两个人可放不得，他们是嫌疑犯。"

行者道："胡说，你们都锁错了，你再看看去。"

守卒过来一看，可不是把两个录事锁上了，连忙也给他们解开。他们都解开了，便走了出来。

守卒十分纳闷。这三个人出来撒腿便跑，等再追时，已经不见了。连忙报告局长，一顿严查，说这三个人一定会魔术，要不然就是守卒受了贿赂，把守卒押了起来。同时城门紧闭，各处搜查，又追到他们家里和学校去查。

行者和八戒、沙和尚三人先跑回家去，把兵器拿到手中，刚要出门，门外已经围上了，枪声四起。八戒就怕枪，上回耳朵都被打了一个窟窿，到现在老不兜风。他道："俺们怎么办呢？"

行者道："咱们变作狗就溜出去了。"

沙和尚道："那兵器怎么办呢？狗没有拿着兵器的。"

行者道："你们这劳什子，一点用处也没有，干脆把兵器扔到天上去吧。"

八戒道："师兄得给俺一支手枪。"

行者道："好吧，我们快走吧，人家都打进来了。"

八戒道："咱们乘着黑夜，驾风走了吧。"

三个人驾起风云，直上九霄，把兵器交给太白金星，叫他保存，他们又走下来。正在云中走着，忽然一架飞机正在上空侦查，他们一见，连忙躲开。谁知飞机越来越多，上下翻飞。他们一直往南跑去，忽然迎面又来了一大批轰炸机，声震耳鼓。他们一看，简直落在飞机阵里了。这时许多战斗机飞上来，向这些轰炸机包围，演开了空中战。这一场恶战，十分猛烈，行者等吓得呆了。这时才知道人类和人类也在争斗呀，这也不知是哪儿。他们急忙翻到地上，一看，果然不是大唐国。地上也炮火交织，下面炸弹如雨落下，他们简直无处可逃了。若是叫炸弹炸了，真不知炸成什么样。地上预备队往来巡逻，原来这是空袭，也不知是哪国同哪国。警察见了他们也打，说他们是奸细。这三个人跑来跑去，都分散开了，谁也找不着谁了。

八戒被警察赶得跑到高射炮阵地里来，一看那里也有许多人，实在无法了，就地一滚，看地上有许多铁圆东西，他也变作那种东西，混在一起。他不知那一堆是高炮炮弹，他混在里面，至少警察找不着了。谁知高射炮手把他拿起来，装在炮里。八戒就觉得腰眼一顶，就把自己射到半空中，飘飘悠悠的没有抓挠儿。这时一架飞机当前，他想，莫不如在飞机上躲会儿吧，说着便奔飞机去了。

飞机驾驶员一看炮弹射来，吓得慌忙便转弯，谁知那炮弹也跟着转弯。驾驶员说："不好，敌人发明新炮弹了，这炮弹有磁性，要不然这炮弹怎么会追飞机呢？"他还没有说完，八戒已经钻进飞机里来了。驾驶员一看大惊，但看那炮弹并未炸裂，这一定是定时炸弹了，炮弹还有定时炮弹，可了不得。驾驶员用脚便踢，把炮弹踢了下去。这时高射炮阵地正在放炮，忽见飞机掷下弹来，吓得四散奔逃。八戒落在地上，打了一个滚儿，见人都跑了，他立刻变了炮兵模样，用高射炮往高空射起来。

这时沙和尚也被逼得无路可走，跑到这里，变了一块大石头，伏在那里。八戒放了一会儿炮，有点累了，找块石头，坐在上面休息。沙和尚不知道上面坐着那兵是八戒变的。

行者呢，这时不见了师弟，十分焦急。他念咒拘了土地，半天才把土地爷拘来。

行者生气道："为什么这半天还不来？"

土地爷忙作揖道："大圣休怒，皆因现在是空袭警报时间，连人都藏在防空洞里，非得警报解除才能出来呢。小老儿方才在防空洞里，所以不知大圣驾到，有失远迎，请大圣恕罪。"

行者道："他们这么打，岂不把房屋毁坏了？"

土地爷道："可不是？有时一片火海，小老儿都没地方待着。一颗炸弹下来，钻到地里好几丈才爆炸，真厉害。"

行者道："那就一点办法没有吗？"

土地爷道："有一个办法，只是大圣能够办。"

行者道："什么办法？"

土地爷道："他们就怕雷电，请雷公爷和闪电娘娘出来，击劈他们，他们就退了。"

行者道："好吧，老孙去也。"

行者一个筋斗折到天空，把雷公爷和闪电娘娘找来。雷公爷道："大圣不跟着师父取经，找我何事？"

行者道："你们光睡觉了，现在什么也不管。大唐国人心不古，你不去调查贪官污吏，杀害良心、囤积居奇的人太多了，你还不劈他们去。"

雷公爷道："大圣有所不知，不是我们不去工作，现在他们都用不着我们了。有个富兰克林，他发明了电，跟着他们都知道什么东西可以避雷，什么东西可以传电，这一来，我们都没法儿下手。以前的愚民好蒙他们，以为蒙块破布就可以避雷击了，其实那是冤他们。近来人发现避电传电的东西，他们有了护身符，我们就无法下手了，所以管也管不了，只好歇着了。"

行者一听，十分皱眉。雷公道："不但我们无法施力，就是风婆雨神，也都用不着，他们现在能够自己造雨。"

行者道："他们会造雨了？我得去找龙王，为什么就听他们的指使。"

雷公道："大圣，这不关龙王的事，这是他们自己造的。"

行者道："他念咒，不念哪里能下？"

雷公爷道："根本人家不念咒，也不用龙王。"

行者道："他们用什么方法？"

雷公道："他们往天上打大炮，也不知怎么就下起雨了，别人都没有管。"

行者道："哎呀，这样看来，他们简直不用神仙了。"

雷公道："可不是，他们早就不用神仙了，由我们这里最先知道的。自他们自己发明了电，他们什么都不用神仙支配了。只是黑夜白天还不能改造，可是他们用电可以把黑夜变成白天。他们连冷热都能改了。"

行者一听，这简直比以前的牛魔王的能力都大多了。他道："他们也有那火焰山的扇子吗？"

雷公道："他们不用扇子，他们有喷火器，那火厉害极了，大圣还没看见，比风火轮都厉害。"

行者道："这是什么人弄的妖魔邪法？"

雷公道："谁知道！听说弄这个电的叫富兰克林，他有个徒弟叫什么爱迪生，神通广大，比他师爷能耐还大。比方这里说话，隔着十万八千里，都能听见，顺风耳都没有那么灵。"

行者道："这爱迪生在哪里？"

雷公道："不知道，大概总在深山里修炼着。"

行者道："待我找他，老孙去也。"

说着，一个筋斗又折回来，仍是找不着八戒和沙和尚。这时空袭已经解除，街上又有了行人，灯火又全都明亮，真是照如白昼一般。行者也不知道这是哪一国，他就照着行人的装束形态，摇身一变，变作和那国人一模一样，混在人群里。可是话却听不懂，他就装着哑，一边走着一边寻觅八戒和沙和尚，怎么也找不着。

他一个人光在街上转也没意思，他想八戒是最爱吃爱睡的，到饭铺和店里去找，许能找得着。他又不知道哪个是饭铺，铺子倒是有招牌，可是他又不认识招牌上的字。他看见有一幢大楼，灯光明亮，许多许多的男女都往里走，他也就跟着往里走。走到里面一看，却是一个大舞场，行者虽然不会跳舞，可是他知道这是跳舞场，因为在大唐国的时候，有一回同一个胖子、一个瘦子和一个高个进过跳舞场，还闹了一回笑话，自己记得的。

这回他坐在一边看着，侍役过来问他，他也听不懂，他就装哑巴，和侍役比画了半天。侍役去了，一会儿找个翻译来，也仍然不懂。据说那翻译会说六国话，可是说哪国话行者也不懂，只是比手势。侍役无法，只得给他拿了许多酒，大大小小，各种颜色。行者也不知道都是什么东西，他见人家喝，他也喝。

正这时，忽然走进一个胖子，虽然和别人一样打扮，可是神气总不自然。这人坐在一旁，侍役过来，和他们一说话，仍然和那瘦子是一个样，不会说话，光打手势。侍役一看，又把翻译找来，仍是不懂，侍役无法，只得把各种酒都拿了来，叫他选择，谁知他全留下了。行者一看是无独有偶，那胖子也不知道这个叫什么，他看旁边坐个瘦子，他看瘦子动什么，他也动什么。

行者心里道，还有跟我学的。这倒不错，这回我得跟他开个玩笑。正这时，又进来一个高个，愣头愣脑的，坐在他旁边。一打手势把侍役叫过来，侍役心说，今天邪门，怎么光遇见这种人。这回他连翻译也不找了，干脆把各样酒都拿来，高个似乎不懂这是什么，打开闻了闻，仿佛是酒，他也不动，坐在一旁。

那胖子是真喝，喝得真多，他还觉得很有滋味。酒一喝下去，就有点儿醉，胖子看着人家跳来跳去，随着音乐进退，个个都抱着女人，馋得哈喇子都流出来，笑呵呵道："好耍子也。"

他这一说话，行者听出来，这是八戒变的了，他心里道，这个呆子，三弟也不知上哪儿去了，他也不找，跑到这里找乐子，老孙得要他一要。

这时有一对伯爵夫妇，两个人跳了几回，伯爵夫人疲乏了，要先回家，伯爵把她送出去，行者也跟了出去。等到伯爵进来，伯爵夫人又跟着进来了，原来这是行者变的。她走进来，便找八戒去跳舞。八戒喜得手舞足蹈，抱着假伯爵夫人就跳起来。那种媚浪的神气，使人看了作三日呕。这时伯爵一看夫人又回来了，同时还和那鬼胖子抱在一起跳，十分生气，他又不好意思当时发作，他必须维持绅士的身份。他想等他们跳完了，然后过来劝夫人回家。谁知那胖子抱着夫人不放，他这一跳，酒气发作，还带着几分醉意，而且他那跳法完全不对，那种拥抱的态度，完全失去了规矩，简直是对伯爵夫人的一种侮辱。

对伯爵夫人侮辱，也就是对伯爵侮辱，他大怒起来，走过来强硬叫伯爵夫人和他离开，说道："你不是疲乏了吗？我看还是回家歇歇去好了。"

行者不听他的话，只是不语。那胖子道："俺正作耍子，你来捣什么乱？"说着又抱过伯爵夫人来跳。

伯爵见他好生无礼，不由大怒，过来一拳，打在八戒的腮帮子上面，把八戒打退了好几步。八戒恼了，过来给伯爵一个耳光，这一下，打得挺脆，观众没有不笑的。伯爵恼了，当时叫侍役，把警察喊进来。

书中交代，原来那胖子的确是八戒变的。他原来在阵地里，坐在石头上，忽然他困起来，便躺在石头上睡了。那石头是沙和尚变的，沙和尚躺在地上，上面压了一个胖子，十分沉重，却不敢动弹。一会儿，那八戒便鼾声震耳，呼呼睡了起来。沙和尚心说，那可糟心，他如果睡上不醒，自己在这里伏一夜，真怪冤的。他试着动了动，那人仍旧睡着，他便轻轻滚开，把那人滚在地上，那人一点儿也不知道。沙和尚立起来，现了原形，撒腿便跑。等到八戒醒来，一看自己睡在地下，也不知什么时候由石头上掉下来。其实他也够马虎的，他就忘了看那石头已经没有了。这时路上行人不断，灯光照如白昼，他怕人家看出他来，便照那些人的服装，变了一个和他们一样的人，随着大众，进到跳舞场，闹了这么一场笑话。沙和尚在街上转了半天，也进到这个跳舞场来。

这时警察进来一问情由，八戒说不上什么。沙和尚一听八戒说话，就知道是二师哥了，不禁大喜，立刻想过来帮助他。谁知这时伯爵夫人却道："你们不要带走他，他是我的爱人，我爱他，你们不能管，走！"说着，拉了八戒走了出来。沙和尚也跟在后面。旁人谁也不能管了。伯爵一看，气得三魂暴跳，非要和八戒决斗不可。他追了出来。

这三个人出门，撒腿便跑。八戒道："你这娘子，当真想跟俺过日子吗？"

那伯爵夫人把脸一抹，八戒一见才知道是行者，吓得慌了，忙道："师哥，俺是开玩笑呀。"

行者道："你这呆子，到处都是为女人惹祸。"

正说着，沙和尚也赶到了，一看，大师哥在这儿，不由欢喜了，立刻就说道："师哥哪里去了，我好找呢？"

行者道："那东西又追来了，咱们快跑吧，回头再说。"

伯爵追了一程，也没有追上，气哼哼地只得回家，一看夫人却在家里。他道："哼，你不是爱了胖子吗？你就去跟那个胖子吧，咱们非离婚不可。"

伯爵夫人一听，十分奇怪，说道："我爱什么胖子，你胡说八道！"

伯爵道："你还不承认，你同那胖子跳舞，又同胖子跑去，我追了一程，也没有追上，你却先回到家里来。"

伯爵夫人一听，十分生气，说道："你是喝醉了吗？我离开了跳舞场就回家里来，不信你问仆人。"

伯爵便把仆人叫来一问，可不是伯爵夫人早就回来了嘛。伯爵也纳闷了，便把方才情形一说，他们都认为伯爵眼花了，看错了人，不由又笑了起来。

不提他们，且说行者三人跑了一阵儿，行者道："咱们得找地方住。"

八戒道："这里没有庙，怎么住呢？"

行者道："我们住店去，在大唐国不是也有旅馆吗？咱们虽然没住过，可是跟客店一个样，我想这里也必定有，咱们找旅馆住吧。"

八戒道："咱们不知道旅馆是什么样。"

行者道："咱们跟人家打听呀。"

说着，三个人又来到街上，跟行人打听。他们又不会说话，只得打手势，比作睡觉的样子。人家以为他们三个人不会没有睡处，黑天半夜，一定找特别睡觉的地方，他们又不好说明，遂指给他们路线，把他们指到一家妓院去了。

这三个人一进妓院，一看有许多女人，房子倒是一间一间的。他们知道现在大唐国都兴了女招待，这里连旅馆都有女招待了。他们三个人进到里面，话不敢说，光打手势，立刻有三个女人，把他们三个人各领到屋里去，三个人便分开了。

行者打手势道："我们三个人一块儿，睡一间屋里。"

妓女摆手道："不行，我们没有这规矩。"说着，把他领进卧室。

卧室很简单而干净，白单子铺着床。行者见有了安歇地方，只

189

得暂先安歇，有主意明天再说。那女人却领他到浴室，叫他脱了衣服洗澡，行者一想，洗洗也好。行者是好干净的，立刻把她哄出去，那妓女出去了。行者便洗澡，洗完了澡，回到卧室，刚要躺在床上睡觉，忽然那女人又走了进来，并把衣服全脱了，只穿着一件睡衣，进门上床。行者一见，大吃一惊，连忙穿衣服，叫她出去，一边又喊呆子。

八戒这时候正在浴盆里呢，越洗越高兴，他已经睡了一个大觉，一点不困了。洗着洗着，忽然渴了，本来喝多了酒，还没有喝一点水，对着水管子喝了一大口。

正在这时，行者喊了起来："呆子，呆子！"

八戒在屋里道："师哥，干什么呀？"

行者道："快出来，这里不是好人处。"八戒赤条条地跑了出来，沙和尚也跑出来了。

那妓女们哪里肯放，揪住不放。他们力大，全挣脱跑出来。八戒道："俺还没有穿衣服呢，师哥等俺一会儿吧。"说着，他又反身进去抢了衣服便跑。三个人跑到大街，有妇女见了，莫不羞愧地跑去。幸而是深夜，没有多少行人。

他们跑到一个僻静地方，八戒穿了衣服，说道："师哥干什么慌，莫非那伯爵又追了来？"

行者道："不是，这里不是旅馆，是娼家所在。你我三人，如何能在这里住宿，毁了身法？"

八戒道："我道她们有那么多女人呢。"

沙和尚道："那咱们到哪里去呢？"

行者道："我叫土地来引着咱们到旅馆去吧。"

说着一念咒，把当地土地拘来，土地爷原是大唐国租界里的土

190

地，因为他会说外国话，所以才调到这里来。现在当土地爷都很困难，不会外国语不成，人家不懂。

土地爷见了行者，便道："大圣为何到此？"

行者道："我们现在来调查民间的情形来了，你不是从大唐国来的吗？怎么跑到这里来了？"

土地道："大圣有所不知，小老儿在大唐国时，被外国人占了，叫作租界，这些外国人另供神仙，把小老儿驱逐出境。幸亏小老儿跟他们伴得时候久，学会了他们不少话，得以安身。最近才把我调到这里来。"

行者道："你会说他们的话，那好极了，我们正没有住的地方，你领我们到旅馆去吧。"

土地道："好吧，三圣请随我来。"

他们三个人便跟着他走到街上。这时有往来汽车，土地一招手，即有一辆汽车开来，土地叫他们上去，又跟司机也不知说了一句什么话，司机一直就开到旅馆去了。进了旅馆，土地爷向包役一番外国话，把他们带到楼上，开了两间房。

进到里面，土地爷道："大圣，我不能久陪。您要用着我时，您就叫我好了，你们都有钱吗？"

行者道："有。"说着掏出来。

土地爷道："不成，这钱是大唐国的钱，这里不使，这里单有钱。"说着，掏出许多许多钱票来，交给行者道，"大圣您先用这个吧。"行者等一看，果然和大唐国的不一样。

土地道："小老儿告辞了。"说着他走了出去。

行者对师弟们道："睡吧，明天咱们还得离开这里。"说着，他们全睡着了。第二天正午才起来，叫侍役做饭，侍役把他们让到食堂，那是专为吃饭的地方。他们三个人坐了，侍役一样一样地端菜，他们一见，没有筷子，没筷子怎么吃饭呢？跟侍役要筷子，侍役不懂，他连筷子都没见过，何况还不懂他们的话呢？八戒不听那套，拿手便抓，侍役看着笑了起来。这时行者看见别人都用刀子叉子吃饭，这才知道这里吃饭不用筷子的，他们也就用叉子刀子吃着饭。但是他们怎么也使不利落，八戒掌刀子还把嘴划了一刀子，直流血。后来他们索性月手吃起来。

吃完饭又回到屋里，行者道："我们还是走吧。"

沙和尚道："到哪里去？"

行者道："到深山里，找安迪生去。"

沙和尚道："安迪生是谁呀？"

行者道："他是造反的头儿，一个大魔怪。"说着，便把雷公闪电的话，说了一遍。

八戒一听吓得呆了，道："我们还是他的对手吗？"

行者道："不管那些，找到再说。"他们说完，便给了钱，出了旅馆。

坐了汽车，找到一个僻静地方下来，他们又走到海滨，见四下无人，行者道："我们驾云吧。"说着，一个筋斗翻上云霄，八戒和沙和尚也跳了上来。他们三个人在云端一边走一边往下望。这时来到非洲地界，一看下面尽是荒山，遍无人迹。行者道："我们下来吧，这里一定藏着妖怪什么的。"

他们走了下来，落在地上，一看四面荆棘，举足甚难，许多奇虫野鸟，上下翻飞，龙蛇猛兽乱窜。行者由耳朵眼里掏出针，迎风一晃，变成又长又粗的金箍棒，他一边拨着丛草荆棘，一边防备着猛兽什么的。正在这时，一只猛虎咆哮而来，许多的兽听了，纷纷逃散。

八戒道："虎来也。"

行者道："莫理它。"

这时一些鹿群獐兔等，奔命不暇，随后一双吊睛斑颜大虎跳出来。行者一看，立刻举起棒来，大喝一声。那虎一见行者，便连动也不动。因为行者伏过虎的，所以虎都怕他。他过去一棒，把虎打得肉泥烂酱。八戒笑道："师哥真神力也。"

他们又往前走，听得老远有鼓声似的，行者道："这里有妖怪，可留神呀，待我先看一眼。"说着，他腾空而起，看见有许多黑人，赤裸着的，在一广场跳着舞。他忙又下来对八戒等道："留神呀，留神呀，有妖怪了，我看见一群小妖卒在那里玩耍，不知道这里是什么妖怪，我们得打听一下。"

说着，他们又往下走着。不想没有留神落在陷阱里面，立刻有许多绳子缠住，越缠越紧，越使力越结实，上面又扣了一个大网。八戒道："苦也。"行者知道不妙，这妖一定比自己能耐大，所以他们知道了，设下陷阱。这时他们一挣扎，牵动许多绳子，四围的铃铛响起来，立刻有黑人跑来相看，一看是三个人，立刻飞也似的报告酋长去了。行者这时便缩小了自己的身体，变成一条蛇，这才把绳子松开。

八戒嚷道："师兄救俺。"

行者道："师弟莫慌，我一定救你们，你们稍忍耐一些。"

说着，现了原形，腾空而起，变作一只鸟儿，随着黑人飞走，他把黑人看成妖怪喽啰了。只见那小妖怪跑到一个平坦场所，那里有许多妖怪，一边敲鼓一边跳舞，当中坐着一个大妖怪，不知叫什么名字，以前没有见过。

这大妖怪头上戴着许多翎毛之类的东西，脸上也画了许多花纹。指挥小妖卒，把一个小卒绑起来，推到很远的一个山坡上，放在那里，立刻又跑回来。行者很是奇怪，他就落在树上看着。这时听老远森林里来了一只大猩猩，身高数丈，凶猛至极，一切动物见了，莫不争先恐后地逃跑。那个大猩猩过来，抓起那个小妖卒，一劈就劈成两半，这里的妖卒，连大妖怪，都伏在地上，老远看着不敢动弹。幸而那大黑猩猩没有过来，又转回去了。

行者不知是什么妖怪，现了原形，把本方土地拘来。

土地爷一看大圣，吓了一跳，说道："大圣为何来此？"

行者道："我和我师弟前来捉拿妖怪。"

土地爷道："那天蓬元帅二位呢？"

行者道："被妖怪捉住了。"

土地爷惊道："哎呀，被他们捉住可就难逃活命了。"

行者道："怎么？"

土地爷道："大圣没有看见一只大黑猩猩吗？"

行者道："看见了，那叫什么妖怪？"

土地爷道："那黑猩猩比大圣要大数十倍，他叫金刚，也有叫他齐天大圣的。"

行者怒道："他敢冒老孙的尊号，老孙非得和他一拼不可。这里是什么所在，离大唐国多远？"

土地爷道："这里叫作阿非利加洲。"

行者道："没有听说过这个地方。"

土地爷道："这是后来改的，这里离大唐国可远了。大圣不是由大唐国来吗？"

行者道："我从别处来的，这个金刚有多大本事？"

土地爷道："好，力大无穷，一株大树，一摸便倒，野兽遇他，他一握就握成泥酱。"

行者道："那妖怪把小卒捆了，放在山坡上，金刚去弄死，这是什么缘故？"

土地爷道："那不是妖怪，那是本地土人。因为他们怕金刚生气，他一生气，能把他们村子全踏平了。所以每天总预备一个人，放在山坡上，叫那金刚去撕。他撕了一个人，就把气消了。"

行者道："你为什么不拦阻他们？"

土地爷道："小老儿哪里敢拦他们，那金刚好生厉害。幸而大圣来了，请大圣收服他吧，给这一方除害。"

行者道："我师弟被他们捉住，是不是要给那金刚去撕？"

土地爷道："可不是，他们弄那陷阱，就是为捉了人，送给金刚。不过今天已经撕了一个，再撕就得明天了，天蓬元帅还有救的。"

行者道："你去吧！"土地爷告别不见了。

行者又变成小鸟儿来到土人部落，见他们正把八戒和沙和尚抬到广场，命小卒剥去衣服，洗得干净，放在洞里，预备明天送猩猩大王去撕。他们便在广场上又跳舞欢乐起来，庆贺得了两个牺牲品。

八戒和沙和尚在洞里说道："那猴子一人跑了，把咱们放在这里，好不苦也。"

沙和尚道："师哥莫慌，师哥说救我们，一定能救我们，他一定是去探探妖怪的虚实再说。师哥是谨慎的人，不会一个人逃走，我们就等着吧。"

正说着，小卒给他们端吃的来。他们奇怪，为什么还要给饭吃？原来那金刚大王非得活人才撕，若是死人，他就连动也不动，而要

195

跑到部落里来毁房屋。行者看了许久，刚要跑到洞里去放八戒和沙和尚去，一听八戒正骂猴子长猴子短，行者心里说道，先不救他，叫他吃些苦再说吧，反正知道他今天是死不了的。

他一个筋斗又翻到天宫来，见了玉皇，奏道："阿非利加洲有个妖怪叫金刚大王，冒着老孙的圣讳，残害生灵，看看又是谁的部下逃下界去。"玉皇一听，立刻传旨调查，是哪个神仙不留神，走了属下。

这时太上老君走上来道："那个金刚和孙悟空是本族，他是花果山的猴子之一。悟空成了正宗，抛下那些猴子不管，那猴子便接续悟空的爵位，称王作怪，这完全是悟空的过失，他不知收服，反倒来天上胡闹，请陛下降他罪名，绝不宽恕！"

行者一听，不由慌了，忙道："老孙实在不知，请众位别怒，我前去收服他好了。"

说着，忙又跑下来，找到原来那个地方。虽然在天上只觉得一会儿，可是地上已经过了一夜，都到了第二天了。那土人们正跳舞祈祷，酋长坐在当中，大家敲着鼓团团围坐。

大家把八戒抬出来，八戒直喊："师哥救我！"总是没有人答应，八戒气得骂起行者来："这个瘟猴，非叫他得猩红热死了不可！"

小卒把八戒放在中央，由一个巫师向他念咒，八戒的眼泪流出来，骂道："都是这个瘟猴子害的俺，俺死了也不能饶他。"

巫师念完了咒，由四个小卒抬了八戒，在前面走着，后边随了一群，一边走着一边跳舞唱着，一直送到山坡，把八戒放在那里，然后大家一哄跑了回来。

行者看了，忽生一智，立刻变了那金刚大王模样，由老远走来，这些土人早吓得哆嗦，不敢动弹。行者走到八戒跟前，八戒一看，是一个十数丈高的大黑妖怪，吓得魂不附体，说道："俺八戒完了也。"谁知那大妖怪过来，并不弄死他，却轻轻提起，走回去了。土人也莫名其妙，也不敢跟着。

八戒哭哭啼啼，只听那大妖怪道："呆子，你还骂老孙不骂？"

八戒一听这是师哥变的，不由欢喜，立刻说道："师哥，俺是故意那么说，师哥听了，一定生气来救我来了。"

行者道："老孙要得猩红热，你得什么呢？"

八戒道："叫我腿肚子转筋，还不成吗？"

行者道："你先在这里待一会儿吧，我先不放你，等我把沙和尚救来再说。"

说着，他把八戒放在一块大石头上，八戒嚷道："师哥，莫叫野兽吃了俺，还是放了俺吧，俺绝不再骂师兄了。"

行者道："你怕叫野兽吃了，好吧，给你放个高处。"说着把他提起来，挂在一个树尖身上。有许多小鸟儿飞来，落在八戒的鼻梁上，拉了几摊鸟屎，那爪子落在八戒赤裸的身上，痒得抓不着。

行者这时却又走进部落里来。土人先见金刚大王并没有撕八戒，却把他提走，知道要生气了，大家还要把沙和尚再送了去。谁知那金刚却走了来，大家一见，吓得毛骨悚然，四散奔逃。行者见把他们吓跑，便把沙和尚提走，提到挂八戒的地方。一看，八戒没有了，十分奇怪。

原来行者把土人吓跑时，那真金刚却来了。一见树上挂着一个人，便摘了下来，往山林里便走。八戒以为又是行者，便道："师兄，放了俺，也好帮助你捉拿妖怪。"那金刚只是不理，八戒道："俺老朱再背地骂你，你拿棍棒把我打得肉泥烂酱。"那金刚仍是不言语，只是挟着走。那高身量，一大步总够十几丈，几步就迈过了一个山头，手里提着八戒，就如同小玩物一般。八戒也不言语，心说，看你这瘟猴子把俺怎的。

他忽然想起沙和尚来，不知沙和尚性命如何，沙和尚在这里，好求他给说两句好话。他又问道："师哥啊，咱们沙师弟呢？把俺放了，一块儿找找沙师弟去，他一个人够可怜的呀！"那金刚始终也不言语，八戒又道："沙师弟要死在你手里了，将来俺老朱可不负责任。"

那金刚仍是默默走着，八戒十分奇怪了，他心里一动，想道：别这个怪物是真的，不是师哥变的呀？俺倒要试探试探，如果是师兄变的，不理他，随便他怎么处置，横竖不能要了我的命。如果是真妖怪，俺得想主意逃走。可是怎么逃走呢，先哄他再说。

想罢，便道："你是俺师兄不是，如果不是，俺可就要骂了。"他知道行者是最怕骂的，一骂就起火，谁知那金刚根本不理。他道："你这瘟猴子，俺不怕死，俺死了看你如何见师父，你这猴头也保不住。"那金刚只是走，八戒一看，知道是真妖怪了。他就扯着大嗓子喊起来："师兄，呆子在这里。"

那金刚一见他叫起来，十分生气，走出山头，把八戒举了起来，就要往山洞里扔，这时就从山洞里又上来一个金刚，这金刚和那金刚一模一样，大小高低，全都一样。这金刚可就怔了，摸了摸自己，并没有化去，他大怒了。心想，这里还能有第二个金刚吗？他把八戒一扔，扔在地上，过来就要和假金刚相拼。

假金刚是行者变的，八戒这回知道了，他目不转睛地看着，他怕回头一打起来，又分不出哪个是真的哪个是假的。

行者怎么会到这里来了呢？原来他一找八戒不见踪迹，情知不好，便放了沙和尚道："师弟，咱们分头找那个呆子去。"

沙和尚一听，这才知道他是行者，立刻大喜，他道："咱们在哪里见呢？"

　　行者道："咱们在那土人地方见吧，你小心，他们再捆上你，你可要留神，千万不要杀生！"沙和尚答应着，和行者分别了。

　　沙和尚各处去找八戒，找遍了也没有踪影。他来到土人部落，土人早就跑得干净，一个人也没有了。等了行者一会儿，也没见，他只得又去找八戒。他走得很远，遍处都是荆棘森林，非常不好走，不知不觉地走到一个地方，见附近却干净多了，荆棘都除了，像是有人收拾过的样子，那树上拴着很长的绳子，不知干什么用的。又走几步，却见一块平地，非常干净，他想想这一定是妖怪住的地方，要不然人怎么能住在这里呢？

　　沙和尚一边望着一边走，走了不远，迎面一棵巨大的橡树，有个梯子，顺着梯子往上一看，树上却有个木头房子，虽然不算精致，但绝不像禽兽巢穴。他在下面站了一会儿，也没有一点声音。他一时好奇心起，便顺着梯子走上去。原来这个木房子便是人猿泰山和泰山之妻、泰山之子三个人一起住着。泰山和小泰山到湖里去游泳了，家里只剩下泰山的妻子给他们做饭。

　　沙和尚走了上去，一看有个赤背裸腿的女子，自己很觉得不好意思，刚要转身走，那女人已经看见了，不由大吃一惊。一看不像土人，相貌比土人难看，可是穿的衣服却比土人文明多了，她便叫住，道："你是哪里的？"

　　沙和尚站住了，听不懂她的话，因为她是拿土人的话问的。泰山之妻遂又用英文一问他，他才听懂了，因为他在大唐国学校的时候，学过不少外国语，又搭着他肯用功，所以学会了好多。他一见女人说外国语，便用外国语和她说，他的话说得比泰山还强一点呢。

他道："我们是由大唐国东土来的。"

泰山之妻连忙叫他坐，知道他并不是自己的敌人了。她又问道："你怎么到这地方来？"

沙和尚道："找俺师兄来了。"

她道："你师哥是干什么的？"

沙和尚道："俺师兄是高人。"他撒了一个谎。

她道："找着没有？"

沙和尚道："没有呢。"

她道："不要忧虑，我们一起给你找吧，这里有个金刚大王，非常的凶猛，你师兄若是遇见他可就不好了。"

沙和尚道："可是又重又大的怪物？"

她道："是呀，碰到他的时候，就伏在草里不动，不叫他看见，就可以了，不然非死不可。"

沙和尚觉得同一个女人谈起来，不大好意思。虽然现在这年月也很时兴，可是这环境就是两个人，究属不方便。他临时脑筋一活动，想到这个女人也许是妖精变的，妖精不是经常变女人来害人吗？说不定二师哥或许也来到此处，被这个女妖精迷惑住了，把他藏起来或害了都未可知。俺倒要去报告大师哥。这个女人怎么会在这里住着，这一定是妖怪，俺要快离开这是非之地，把大师哥找来再做主意。

想罢，便起身要走。泰山之妻却拦住他道："你一个人走不行，等一等他们来送你去好了。"

沙和尚又说："你莫要骗我，我可不上这当。"他仍是要走。

正在这时，泰山和小泰山都回来了，他们本来正在游戏，忽然养着的猴子跑来，拉他们回去，他们知道一定有土人又袭击他们的

200

家了，急忙赶了回来。一看妻子正拉着沙和尚，他不由大怒，过来一把将沙和尚抱住，一齐由树上摔到地下。小泰山过来帮助一捆，把沙和尚捆上了。又提到房子里来，沙和尚知道这回是非完不可了。果然他们是妖精，师哥还许被他们害了也未可知。谁叫自己不留心，抽冷子就叫人捆上了，师哥也不知在哪里呢？他闭目等死了，一语不发。

这时且不提沙和尚，还是提行者吧。行者和沙僧分手，他就各处去找八戒。后来他忽然发现有巨大的脚印，按照自己的脚步迈着正合适。每一只落下去，都踏倒好多小树林，他料到这定是那金刚大王无疑了。他便按照脚步的印往下走，忽听得八戒在那里喊，他急忙转过山头，正见金刚要把八戒扔在洞里，他大喝一声："休得无礼，老孙来也。"

谁知这金刚不听那套，仍自扑来。八戒在旁边哈哈大笑道："师哥，这个大猴子入了外国籍，也不大听你的话了。"

行者一听，越发生气，骂道："畜生，你不认识你家祖宗了吗？"

八戒道："人有人言，兽有兽语。你骂的是畜生，你得说你们的猴子话才成。"

行者道："回头还是不管你。"

八戒慌道："师哥，俺是激你好收服他呀，师哥快给我放了，叫他爷爷来拿他。"

行者也不理他，那大金刚照旧过来厮杀。行者见他并不会什么妖术邪法，又因为究竟是同种，所以有点可怜他，不想伤害他，遂一抹脸现出了原形。他道："你认识你家祖宗吗？"

那大金刚一见他又缩小了，更自凶猛扑向前来。行者一看，知道他并不是花果山水帘洞的猴子，若不然他不会不认识老孙的。这都是太上老君一派胡言，将来再同他算账。

行者这回见金刚并不怕，立刻一摸腰，喝声疾，立刻就变作一个百丈高的大金刚，比这金刚又大得十数倍。站在眼前，把半个天都要遮住了，一双足蹬着山头曲着膝，一只脚放在洞底。金刚一看，可吓倒了，他也要逃走。谁知却被行者一把抓住，再也不能脱身。金刚也会叫唤，叫唤的话，行者听不懂，这才知道猴子的话也分地方的。他把耳朵里的金针掏出来，迎风一晃，足有数丈长，大喝一声，如同天崩地裂一般。那金刚看了，吓得连忙便跑。行者一把抓住，将他捆上，金刚似乎表示哀鸣，行者也不理他。

收回了法身，把八戒放了，说道："呆子，咱们两个人抬着他走。"

八戒道："啊，他那么老重，俺如何抬得动，还是师哥变得大高个子，把他提着好了。"

行者道："你这呆子，这么懒，你不听老孙的话，我还把你捆上。"

八戒道："抬抬抬。"

行者把金箍棒穿在绳子里，说道："你抬前边那头。"

八戒道："俺那头太短，重还不愁，他若是咬俺老朱屁股一口，俺多倒霉呀！"

行者喝声，那棒又延长了好多，行者道："你看这么长可以了吧？"

八戒道："好，可以了。"说着，他跑到前面抬起那一端，说道："咱们把他抬到哪里？"

行者道："抬到土人部落那里。"

接着，他们便一边抬着一边走着。道路是非常不好走，八戒道：

"把它抬到那儿干什么，扔到山涧里就得了。"

行者道："他既不是妖怪，也不是野兽，咱们不伤害他的性命，叫土人把它关在笼子里养着得了，并且告诉土人，以后不必拿人供他杀害。"

他们一边聊着一边走，也不知择路，走了好一会儿，怎么也找不着土人的部落在什么地方了，也没有走出树林子来。

八戒道："俺累了，咱们歇一歇吧。"

行者道："沙师弟现在还不知在哪儿，咱们得找找他才好。我跟他定在土人部落那儿见，咱们还得早点赶去好，不然叫他多着急。"

八戒道："我先歇一歇，我又饿又渴。"

行者一看，树上挂着许多果实，像什么柚子、椰子等，他道："我们先放下他，摘几个果实。"说着，把金刚放在地下，行者蹿上了树，这是他的拿手好戏。

八戒道："师哥，给俺摘百八十个。"

行者道："你也不怕把肚子撑破了。"说着，方摘几个果实扔给八戒。

八戒道："俺借你金箍棒使使吧。"说着，拿起棒来，向树上一抡，果然打了许多果实来。八戒也顾不得剥皮，用嘴便咬。行者在树上，选择那好的吃了两三个。

行者正吃着，忽然看见树上系着很长的绳子，他很纳闷。他便揪那个绳子，他一揪却把他坠下去了。坠、坠、坠，又把他坠到另一棵树上去，那树上仍然系着一根绳子，他又揪那绳子抛过去。他觉得这个挺好玩的，一连抛过十几棵树。忽然看见那树上架着一个木头房子，他很奇怪，一下就悠进那房子里去。一看里面有个女人，他道这一定是妖怪无疑，正要动手，那人猿泰山早扑将过来，把行

203

者按在底下。别看行者身体小，臂力大得多，人猿泰山如何能按得住他，他一翻身，便把人猿泰山压在底下，然后用手一提，就想往地下扔。这时就听："师哥且莫动手！"行者一看，却是沙和尚站在旁边。他不知是怎么一回事。

沙和尚道："他是好人，师哥把他放下吧！"行者遂把泰山放下了。

泰山看看行者，十分奇怪。沙和尚道："师哥，他们是好人，不是妖怪。"然后他又对泰山夫妻说这是他的师哥，于是他们又欢喜起来。沙和尚又把他来此地、被捉被放的情形一说，行者又把捉住金刚的事一说，大家一听，更是惊喜，便问放在哪里。行者道："你们同我来！"

他们便随着行者，拖着绳子，走到原处。大家一看，八戒正踏着金刚，打一个大果子，怎么也打不着。

行者喝道："呆子，你把他踏了吗？"

八戒见师哥师弟同着别人来了，他连忙跳下来道："那个大果实多好，就是差一点打不着。"

泰山道："不要的了，我们那里有的是好吃的。"

行者道："我们同到那里去吧，呆子，把金刚背起来。"

八戒道："两个人抬着还怪累的呢，一个人背着哪成？"

沙和尚道："俺同师哥抬着。"于是两个人抬着金刚，来到泰山家里。

八戒一看，这里还有个女人，很美丽的，不由眼睛又直了。

行者等商议如何处罚金刚，泰山说："把他放了，加以训练，到用着他的时候只听自己一叫唤，他就得出来帮助。"

八戒道："使不得，跑了他又要害人了。"

行者道："他不会害人，全是土人斗他生气，叫他害人。"

泰山道："一训练就得。"他们于是把金刚放了。那金刚果然老老实实的不再凶猛。泰山之妻给了他一根香蕉，金刚也接过来吃了。泰山之妻又训练他，也因着猩猩通人性，渐渐什么都懂了，于是又叫他去了，只要泰山一唤，他就必到。

这里行者等三个人在泰山家里进晚餐，由泰山之妻给做，他们都招待得非常好。吃饱喝足，当晚便宿在这里。这时他们忽然听见远处一片喧哗声音，行者最先听见了，便爬了起来，人猿泰山、小泰山也爬了起来。

要知是什么事，且看下回分解。

第六章　三圣又折回东土

　　话说行者等爬起来一看，四面火把连天，喊声震地。原来土人们知道昨天捉住的那两个人在这里，他们前来袭击。个个拿着长枪短刀，奔上前来，几面黑压压一大片，足有好几千人，来势很凶。

　　行者怕来到跟前再抵御恐怕又要杀伤许多人了，不如叫他们自己退了吧。想罢，他便一念咒，立刻从地卷起大风，飞沙走石，人人睁不开眼。手里的火把倒在身上，身上也烧着了，吓得把火一扔，森林立时起了大火，又挟着大风，火势非常猛烈，照得天地都光亮起来。

　　泰山又叫唤起来，叫唤的声音和吹喇叭差不多。这一叫，许多大象都出来了，那金刚也出来了，土人一见，吓得撒腿便跑，一会儿便无影无踪了。行者收了风，泰山也收回象群，金刚也走了，直闹了一夜，八戒就睡在房里，一点也不知道。

　　第二天他们起来，和八戒一说，八戒道："俺一点也不知道。"

　　行者道："呆子就知道睡。"

　　他们用完了早餐，便和泰山告别。泰山要送，行者执意不叫送。泰山知道他们也没有什么危险，也就不送了。

　　行者三人走出了森林，来到海滨。一片汪洋，水天一色，茫无涯际。

八戒道："俺们到哪里去呀，咱们还真不如泰山，弄个小房屋在这里过活，比神仙还真造化。"

行者道："你就是堂客迷，我们上哪里去？"

八戒道："我们还是回大唐国吧，这地方简直受不了，大唐国又热闹又有女人。到别的国又不懂得话，真麻烦透了。"

行者道："我们往空中去，还是往水中去？"

八戒道："咱们始终也没有在水里作耍，今天咱们就在这大海里，变作三条大鱼，在此一游泳，多么快活呀！"

行者道："这回依你！"

于是三个人变了三条鱼，跃入海中，一直往深处游去了。海里也有许多大鱼小鱼，来来往往，形形色色，简直认不过来。他们正游着，忽然一只大鳄鱼追了来，张着大嘴。

八戒道："这家伙也要咬咱们。"

行者道："只须用老孙的针一扎它，它就得跑。"说着，把金箍棒扯下来，看鳄鱼来到近处，翻身一棒打了去，正打在鳄鱼的头上，只翻了两翻，便死了。行者道："这些小东西，也要奈何老孙吗？"

又游了一会，忽然看见老远仿佛有一条大鱼，排山倒海而来，吓得群鱼纷纷逃避。他们不觉一怔，八戒道："这个鱼可不小。"

行者道："先叫它吃俺一棒再说。"说着把棒准备在手里，来到跟前一看，这鱼没有头尾，看不见眼睛，也没有鳞，身体倒是挺大，可是行走非常迟钝，不知道是什么鱼。

行者道："先叫它吃老孙一棒。"说着，把棒扯出来，照着那鱼打去，谁知那鱼丝毫不怕，自己的手却震得生疼。他非常奇怪，连忙把八戒等叫到一边，说道："咱们先看看它怎么一回事，大概又是

207

什么法宝。"

他们伏在一旁看着，那东西却不动了，在那里站住。

行者道："你们在这里等俺老孙，我前去看看动静。"

说着行者变了一条小鱼，游近那东西，仔细一看，原来是一只大铁船。可是这大铁船怎么不在水面上，却沉在海底，这十分奇怪。他来回绕了几周，只是看不见人。伏在船上往里听，听见里面有动静，大概是人在里头。可是人怎么进去呢？找了好半天，也找不着门，上面倒是有个圆盖，可是怎么也打不开。他正纳闷，忽然那船又浮升起来，往外排水，浮，浮，一直浮到水面。他一看上面有个圆筒，以为这圆筒一定可以进去，可是伏在上面一看，上面还嵌着玻璃。他不知这是什么，堵在上面不去。

原来这船是只潜水艇，那筒子是潜望镜。舰长把船浮上来正想袭击一艘商船，他把着潜望镜看，什么也看不见，好像有个东西在上面堵着。他不由大怒，骂这些水手们，为什么不检查仔细就出发。这潜望镜堵着东西，什么也不能看。

水手们全怔了，有的走过来一看，说道："没有堵着什么呀？"

舰长过来一看，又堵上了。他越发生气了，骂道："真是废物！"

又有水手们伏在上面，说道："大概是条鱼，你们看！"

舰长道："鱼怎么会跑到镜子上去？"

水手道："干脆上去看看。"于是舰艇又浮出水面。

行者这时转了半天圆筒也转不动，他用了神力一转，却把潜望镜转了一个方向，仍是没有空隙。他正纳闷，只见由一个圆洞里，钻出一个人来，一看有条鱼在潜望镜上伏着，伸手就拨拉一边去了。然后又往那圆洞里走下去。行者一看，这机会不能错过，也跟着跳了下去。

那水手觉得有个小东西掉下来，可是他再找时，什么也没有了。行者早变成一只小虫儿爬到一边去了。

水手下来说："上面有一条鱼，给弄开了。"

舰长这回一看，果然没什么堵物，立刻便找那商船，怎么也找不着了。转了半天，这才看见那商船，舰长立刻命令准备，对准了商船，一声令下，立刻把鱼雷放射出去。以为这一下必定命中，便往下沉，在水里听那轰的声音。谁知那鱼雷的爆炸却和商船的方向相反，他们并不知道行者把那潜望镜已经移动了位置，他们怎么照也是不对的。

舰长越发生气，在舰里直骂水手。行者在里面看了看，里面有许多屋子，也有管鱼雷的，也有管机器的。行者想着八戒等还在等着自己，在这里待着也没有意思，他也知道那个出去的路了，他爬上梯子，把圆盖打开，只见上面的水，哗的一声便流了下来。行者连忙爬了出去，他也不管他们了。这只舰便沉在海底，再也浮不上来了。

行者便去找八戒，找到八戒，八戒道："师哥啊，方才什么响，嗵地一下子？"

行者便把方才的事说了一遍，又道："我们走我们的路吧。"说着，他们又走了。

八戒道："俺又饿了，咱们找一点儿什么吃的。"

行者道："就在海里找点菜吃吧，这儿没有陆地，哪儿找吃的去？"

八戒道："真的，俺可老没吃海里的东西了，咱们吃点海带菜什么的。记得咱们在学校的时候，不是说海带有维他命吗？"说着，他便拉着沙和尚跑到海底找那植物去吃。

沙和尚也老没有吃水里的东西了，从前在流沙河的时候，天天吃水里的东西，今天再吃点海味吧。他们沉到海底，海底有各种各样的植物，他们找那好的吃了很多。然后他们又走，走得困了，八戒道："咱们干脆到龙王爷那里住一夜去吧，顺便扰他一顿饭，你们说好不好？"行者赞成，他们现了原形，往水晶宫大踏步走来。

原来龙王也有好几个，他们正走着，有夜叉看见，慌忙跑了。行者等到了水晶宫，什么也看不见，他很奇怪，龙王不在家，难道连个虾兵蟹将都没有吗？他要演空城计怎么的？他们往里走，也不见一人，他们十分奇怪，只得又走了出来。

忽然看见一个夜叉正待要跑，行者大喝一声："休走，不认得俺齐天大圣吗？"

夜叉连忙跪倒说道："小人虽没有见过大圣，可是时常听祖父说过，今天得见圣颜，十分荣幸，望大圣宽恕。"

行者道："你们的龙王呢？"

夜叉道："龙王搬家了，搬到离此有七百多里一个谷里去了。"

行者道："为何不在这里？"

夜叉道："六圣有所不知，此地四通八达，每天来往船舰太多，有时沉下个鱼雷来，把虾兵蟹将炸死好多。所以龙王看情势不妙，忙搬到谷里去了，这里只命我们夜叉在这儿看守龙宫。"

行者道："你在前边领路，把我们领到谷里去，想不到龙王也迁都了。"

夜叉在前领路，行者在后跟随，因为他们都使法力，所以不一会儿就到了。见山谷虾兵蟹将把守，夜叉道："请通禀龙王，就说齐天大圣三位到了。"

虾兵蟹将道："大圣来了，容我禀报龙王，前来迎接。"说着，桌上有个铁匣，蟹将摘下耳机，给龙宫通电话，说大圣驾到。龙王接了电话，连忙迎了出来。

行者道："你们这是哪儿来的？"

蟹将道："这是我们拾的海底电线，有那沉了船的，我们就拿到这里，安装起来。"

正说着，龙王已经走出来，随后排着好多水族。龙王见了大圣，作揖相迎。行者等走了进去，进了两道宫门，便是大殿。

行者道："这是后盖的吗？"

龙王道："可不是，那水晶宫简直无法再住，只得来个焦土政策，迁到这里来。这里船只进不来，倒还清静，虽然显得狭窄一些，可是很清幽，风景很好。大圣回头可以到上面看看，好看极了。"说着，才行落座，让到大厅。

有小卒伺侍茶水，龙王道："大圣远来一定很疲乏，喝一杯咖啡吧。"说着，便叫小童泡了咖啡。行者等在学校倒是喝过咖啡的，还不觉得很奇怪。

龙王道："小龙不见大圣又一千多年了，大圣为何又下到尘世来？"

行者便把过去的情形一说，龙王道："仙界近来也沉寂得很了，若不是大圣下来，谁还管人间事？现在简直闹得不像样子了。"

八戒道："俺们到这里来寻个休息处，顺便扰你一顿晚饭。"

龙王道："欢迎极了，有公余就请三位常来，这里全是现成的东西。"说着，便传旨做饭。

龙王说道："这里存的罐头很多，随便大圣们挑选。"

行者道："你们哪里来的罐头？"

龙王爷道："多啦，他们时常给送来，若是沉一只货船，船上的

211

东西我们一年也用不了。"

行者道："这一来你们倒合适。"

龙王爷道："没法子。"

说着，饭菜端上来，龙王道："喝点儿酒吧，这里有啤酒、威士忌、白兰地。"

八戒道："俺都喝过，俺在跳舞场里都喝过。"

龙王道："天蓬元帅到过跳舞场？好极了，这里也有，您由这里上去，上到山顶，再过两个山就是街，那里繁华极了，也有跳舞场什么的。小龙还去过一次，不难走，山上有路，一直通到街上。他们也时常到山上来玩，都是一男一女的，在山上散步。"

正说着，忽然外面一阵喧哗，龙王忙传旨，问怎么一回事。立刻有夜叉进报，说有个沉尸，要撞进宫里来了。龙王道："给他浮上去吧。"

行者忙问怎么一回事，龙王道："唉，这是常有的事，尽是些青年男女，失恋了，跑到这里自杀，一个月总有几档子。"

行者道："这应当想办法，别叫他们自杀才好。"

龙王道："我哪里管得了这事，这事归阎王管。"

行者道："我去看看。"

龙王道："大圣理他们？由他们去吧。"

行者道："现在没有事，你们在这里喝酒，我去看看就来，顺便到山上走走。"

龙王道："那小龙失陪了。"

行者走出来，一翻身来到水面，先变了一条鱼，在水面浮着，只见许多人正在打捞尸体，夜叉又把尸体托了上来。行者一看，好像大唐国的人，岸上也有了大唐国的人。他一问夜叉，才知道这里虽不是大唐国，可是离大唐国也很近了，所以大唐国的人很多。

行者找个僻静地方上了岸，变作大唐国人的模样，也走了过来。走过来一看，人已经死了，有人认识死者，说死者叫张五，因为家贫过不下去，所以自杀了。行者一听，还有过不去年而自杀的，真是人命好不值钱。行者想道，我何不找阎王去问问。他来到山头，先把土地爷拘来，问土地爷这是什么地方。土地爷说："这本来也是大唐国所管，后来不知怎么又不属大唐国管了，小老儿闹不清楚，可是这里全是大唐国的人。"行者道声去也，一转身便不见了。

原来他去找阎王爷。阎王和判官等正在局里打牌，见大圣来了，慌忙迎接，说道："大圣接我这把。"

行者道："你们真是耍得有趣，民间事你们就不管了？"

阎王爷道："没有不管，我们都照旧工作。"

行者道："那你们还打麻将牌？"

阎王道："现在不是办公时间，所以消遣消遣。我们现在实行三八制，八小时工作，八小时睡眠，八小时娱乐。"

行者道："谁给你们定出来的呀？"

阎王道："现在都这种趋势，阳间早就实行了，阴间还晚不少年呢。"

行者一看，人简直不得了，神仙都听人间支配，现在最好先在调查人间之前，还是先调查仙界吧，这非得好好奏上一本不可。

他道："老孙来没有别的事，你们给我查查，那个张五命到不到日子。"

阎王遂命判官去查，判官拿起簿来，先问清了地方姓名，然后一查，说道："张五，有这个人，可是不归我们管。"

行者道："怎么不归你们管？"

213

判官道："大圣有所不知，现在我们能够管的，都是随着大唐国所管的区域里，我们也有管不了的，没办法。俗语说：阎王造定三更死，谁能留他到五更。现在不成了，我们定的是三更死，可是外国大夫给打了两针强心针，他就延到五更才死。小鬼有时候在那里等着，等得好不耐心烦。我们也时常延长了审案的时间。"

行者一听，说道："你们先把那张五的魂灵拘来，他死了半天，你们这里都不知道？"

阎王道："他若是不到这里来，我就难以找他了。大圣有办法，可以叫他活过来。"

行者道："我先去办事要紧，回头再同你们谈。"

阎王道："我们今天一夜不睡，打牌过除夕咧。"

行者不理他们，他一直出了阎王殿，他也不叫阎王送。他一个人走来，看见那上刀山下油锅的真不少，看着十分可怜。他想想这一定是作恶多端的，想不到现在坏人还是这样多。

他走上前去问道："你们在阳间都是没做好事呀？"

那些人道："唉，不是呀，我们在阳间都是安善良民，只因没有钱，所以才到这里受罪。有钱的在阳间无恶不作，可是他有钱，到这里一贿赂判官，给阎王一送礼，小鬼们都沾润一点儿，他们仍旧享福。今天大圣驾到，我们才能说这话。大圣可以检举他们一下，替我们小民报冤吧！"

行者一听，这简直太不像话，地狱真成了地狱。他道："阴间原来也这样黑暗。"

那些人道："你还没有亲自调查，这里黑幕多极了，小鬼们都你按我顶地谋肥缺。像我们这里，就没有鬼来管，下油锅的还凑合，小鬼可以赚些油，把人都干锅炮了，我们一天两顿窝头，也不给饱

214

吃，每人配给一个半。那有钱的真舒服，自由极了。"

行者道："他们都住在哪里?"

那些人道："离这里远了，他们那里有几条街巷都是阔人住宅，连冥间银行也开在那里。大圣如果去，最好变个小鬼去，就什么现象都可以看见了。"

行者道："好，明天我一定亲来调查，今天是诸神下界，我还有事，明天再来。"说着去了。

到了明天，他真的来了。孙行者游地狱，大闹阎王殿，真是热闹节目。这是明天的话，暂且不提。

且说行者一边往外走，一边心里寻思，像这样腐败世界，老孙明天非得一下给整顿过来不可。他出了鬼门关，看见一个鬼魂正在徘徊，他走过一看，却是那自杀的张五。连忙叫住道："你不是张五吗? 为什么不进酆都城?"

张五说道："呀，您是判官吗?"

行者道："我不是判官，我是串门的。"

张五道："唉，我进不去，把门的小鬼非要钱不可，没有钱休想进去。"

行者道："那你不会再回去?"

张五道："唉，阳间也无有生趣了。"

行者道："你回去吧，我自然想法叫你有生趣，你是干什么的?"

张五道："我是个做小买卖的，做大买卖现在也趸不出货来，没货。"

行者道："不要紧，你先回去过年，我这里先给你几个钱，明天你愿意来，我在这里等你，准保给你安插一个位置。"张五答应着，去了。

回到阳间，醒来一看，跟做梦一样，一摸自己兜里，果然有好多钱。他又纳闷又欢喜，爬起来便走。大家一看，吓得撒腿便跑，喊道："僵尸。"张五也不理他们，自己回家了。

且说行者回到阳间，越过了山头，果然那里明亮光辉，一个大都市。他变了张五的模样，往大街走来。街上好生热闹，大家都准备过年。因为今天是除夕，大家都一夜不睡，张三找李四，李四找王二，忙了半夜，谁也没见着谁。做买卖的都兴高采烈，大商店都换了一百烛的电灯泡，照得如白昼一般。

行者又走到小巷里，只听得小孩子们在喊："送财神爷了。"行者一听，到底是财神爷，还把握着人们的信仰，别的神仙都不成了。财神爷也真叫走运，这时有几家门前都站着债权人，都来要账，各家都为了账闹得人仰马翻，行者见各院里都点着红灯，地上撒着松树枝、芝麻秆儿，都是迎接诸神下界。

行者正走着，遇到八仙了，吕洞宾、何仙姑等，何仙姑打扮得非常摩登。行者现了原形道："你们八位上哪儿？"

吕洞宾说道："这里有个大庙叫白云观，我们前往，十八好会神仙也。大圣如果有工夫，可以参加盛会。"

行者道："那么我们十八见。"说着，分别而去。

这时却又遇见太乙真人，太乙真人看见行者，忙道："大圣今天也下界来？"

行者道："老孙是早就下界了，你上哪里去？"

太乙真人道："我想下界来吃点供奉，走了几处都不成，贫穷得很，我没有进去，现在正想找个有钱的家里去坐会儿。"

行者道："你见了灶王了吗？"

太乙真人道："提起灶王爷今日好惨，每年灶王总带天上好几万吨白糖，满嘴都是糖，连腮帮子都被糖糊住了。今年不成了，听说糖卖到三四千元一斤，没人上供了，真惨!"

行者一听，说声再见，和太乙真人分别。他又回到水晶宫那里。

龙王和八戒等正在说话，八戒见了行者回来，便道："师哥，哪里耍去了?"

行者道："好玩极了，现在回来是找你们同去玩，今天是除夕，诸神下界，家家户户都供着食品，迎接神仙，我们可以同去作耍。"

八戒大喜道："好也好也，师哥带我们去吧。"

龙王道："在这里玩玩好吧。"

行者道："打扰了，我们到街上去玩耍。"说着，三个人走出来。

到了街上，果然十分热闹。家家都贴新红纸对联，有一家写着"出门见喜"，有一家写着"肥猪拱门"。

八戒道："妈的，单写这个词，咱们进去吃他们一顿。"

行者道："这家却很有钱，待我先进去看看。"

说着，他便摇身一变，变只小鸟。飞进去一看，有好几个院子，有几间佛堂，单独的西跨院也没有人看着。行者忙飞了出来，叫八戒道："呆子，你们快进来，这里有好多供食。"八戒和沙和尚忙跟了进来，到了跨院，进了佛堂，果见有许多供品。八戒拿起蜜供来吃，行者只选那水果吃，沙和尚便吃月饼。

一会儿工夫，吃了大半桌。行者道："这是供如来佛吃的，咱们都给吃了，如来佛可就不乐意了。"

八戒道："他也吃不了这么多，我闻见一股肉香，大概他们一定做肉吃呢。"

行者道："俺去看看。"

八戒道："师哥给俺带瓶酒来。"

行者去了，变了一只苍蝇飞进厨房。厨子看见了，便道："这天儿还会有苍蝇？"行者这才知道自己变错了，他伏在墙上不动。厨子找到个 DDT 的喷子，向行者喷去。行者先还不知他干什么，后来他喷到身上的那股味好难闻，比念紧箍咒还厉害，他立时觉得天旋地转一般，自己竟站立不住。他说了一声好厉害，连忙飞开，连东南西北都不知道了．找个空儿就钻了出去，厨子哈哈大笑。

行者找到八戒道："呆子，快走！"

八戒道："师哥，拿酒来也？"

行者道："快走吧，这里不能待了。"说着，慌忙带着他们走了出来。

八戒道："师哥干吗这样慌张？"

行者道："好厉害。"说着，便把厨子向他喷水的话一说。

八戒道："师哥这时好些了吗？"

行者道："这时好了，幸我跑得快些，不然非叫他捉住不可。"

八戒道："那我们往哪里去？"

行者道："还是回到龙王那里住一宵吧。"

说着，他们又回到龙王宫来。龙王问道："此去玩得可好？"

行者道："好厉害。"说着又把自己变苍蝇，厨子拿水喷的事一说。

龙王一听，不由笑道："那必是 DDT，谁叫大圣变作苍蝇呢？那是专治苍蝇臭虫的，我也有呢。"说着，叫水童拿了出来，说道："这个比那个还灵呢。"

行者一看，上面印着"猴王牌 DDT"。他一看，是"猴牌"的，便不由大怒道："这是什么人跟老孙作对？"

八戒一看，上面画着猴子，不由笑道："师哥这回又吃自己的

218

亏了。"

行者把那瓶往地上一扔，立刻碎了满地。龙王也忘了猴牌有犯圣讳，这时自己也觉无趣，立刻说道："大圣安歇吧，叫他们给收拾床铺。"说着，叫水童领了他们到一个屋子，叫他等安歇了。

第二天，行者想到昨天阴间的情形，立刻对八戒说道："呆子，你们在这里等我一天，我要到阴间走一趟。"

八戒道："师哥到阴间干吗去？那里好玩吗？"

行者遂把昨天在阴间所见的情形一说，打算今天到那里再调查一番。八戒道："俺也去。"

沙和尚道："俺也同师哥去。"

行者道："这回去可是不准把本相露出来，必须吃得苦才能去呢。"

八戒道："俺一定能吃得苦。"

行者道："那么我们就一同去。"

说着，便别了龙王，来到阴间。行者道："我们变作鬼魂的样子。"说着，各摇身一变，变作鬼魂，一直向鄷都城走来。

图书在版编目(CIP)数据

疏云秋梦·云山雾沼 / 耿郁溪著. – – 北京 : 中国
文史出版社,2021.3

(民国通俗小说典藏文库. 耿郁溪卷)

ISBN 978 – 7 – 5205 – 2742 – 2

Ⅰ. ①疏… Ⅱ. ①耿… Ⅲ. ①长篇小说 – 中国 – 现代
Ⅳ. ①I246.5

中国版本图书馆 CIP 数据核字(2020)第 246365 号

责任编辑：蔡晓欧

出版发行：**中国文史出版社**

社　　址：北京市海淀区西八里庄路 69 号院　邮编：100142

电　　话：010 – 81136606　81136602　81136603（发行部）

传　　真：010 – 81136655

印　　装：北京新华印刷有限公司

经　　销：全国新华书店

开　　本：720 × 1020　1/16

印　　张：14.25　　　字数：158 千字

版　　次：2021 年 3 月第 1 版

印　　次：2021 年 3 月第 1 次印刷

定　　价：55.00 元